したたか令嬢は
溺愛される
~論破しますが、
こんな私でも
良いですか？~
Shitataka reijo ha dekiai sareru
Izumi Sawano & TCB
presents
著
沢野いずみ
画
TCB

Characters
オーガスト・クレイン
クレイン王国の王太子。
ベラに惚れ込んで
アンジェリカに婚約破棄を告げる。
ベラ・ホワイト
愛らしい見た目の男爵令嬢。
数多くの男子生徒を
虜にしているが、それには
裏があるようで……？
リュスカ・スコレット
スコレット公国の第三公子。
したたかなアンジェリカに
一目惚れして婚約を申し込む。

アンジェリカ・ベルラン
濡れ衣を着せられて
婚約破棄を告げられたため、
無実を証明するために奔走する。
したたかだが、恥ずかしがりな一面も。
デイジー・バクス
アンジェリカに恩があって
無実を証明する
手伝いをすることに。
アーノルド・クレイン
引きこもりの第一王子。

「無事でよかった……」

「わあー、おいしそう」
「よかったね、アンジェリカ」

Contents

Shitataka reijo ha dekiai sareru
Izumi Sawano & TCB
presents

したたか令嬢は溺愛される
～論破しますが、こんな私でも良いですか？～
Shitataka reijo ha dekiai sareru
Izumi Sawano & TCB presents
著―沢野いずみ
画―TCB

第一章 婚約破棄宣言

「お前との婚約を破棄する！」

また性懲りもなく何を始めようとしているのかしら。

私は婚約者であるオーガスト・クレイン——このクレイン王国の第二王子で王太子でもある男を睨みつけた。

「な、なんだその目つきは！　僕は王太子だぞ」

「失礼。でもそれが何か？」

「何？」

「ですから、それと私があなたを睨んだらいけないのはどう繫がるんですか？」

別に王太子だから睨んではいけないという法律はないはずだ。

「ぼ、僕は偉いんだぞ！」

「それしか誇ることがないいんですか、情けない」

「なんだと？」

「王太子王太子と、それしか言えないのかと言っているのです」

オーガストは怒りすぎてか反論が思いつかないからか……おそらく後者だと思うが顔を赤くして口をパクパクさせている。

オーガストは王太子であるが、恵まれているのはその容姿だけである。

触り心地の良さそうな銀色の髪は一つ結びにして靡かせ、気の強さが現れている金色の瞳は日が当たるとキラキラと煌めく。すっと伸びた鼻筋は王妃様譲りで、手入れされた肌はきめ細かく、全体的に『王子様』感のある綺麗な青年だ。

見た目だけはよかった。見た目だけは。残念ながら好みではなかったので、私にとってはそれすらも長所ではなかったが。

「このっ」

「オーガスト様」

ようやくオーガストが口を開いたが、それをオーガストの隣にいる女子生徒が止める。

オーガストの隣にいる女子生徒。それがおそらく今回の騒動の原因だろう。

春を思い浮かべる桃色のフワフワと柔らかそうなボブカットの髪は彼女にとても良く似合っている。澄んだ湖のような水色の瞳は少し潤んでいて、思わず見つめてしまうほど。ほんのりピンク色をした頬と唇は甘そうだ。そんな砂糖菓子のような愛らしい少女は、そっとオーガストに寄り添っている。

なるほど、オーガストが好きそうなタイプだ。私と正反対なところが。

「アンジェリカ様、ひどいです！」

アンジェリカは私の名だ。

ベルラン公爵家長女、アンジェリカ。王太子オーガストと六歳の頃から婚約している次期国母。

それが私の肩書だ。

父親譲りの紫色の瞳と、母譲りの指通りのいい金髪ストレートの長い髪は私の自慢だ。どちらかと言えば綺麗と言われることの多い私は、可愛らしいと表現するにふさわしい目の前の少女とは正反対である。

「何がひどいのですか？」

この子、どこの子だろう。上位貴族の子でないことは確かだ。

「オーガスト様に対する態度です！　彼は王太子なんですよ!?」

オーガストと同じことしか主張できないのか。私はオーガストと同じレベルの彼女に呆れ返る。

「ひどいのはどちらですか？」

「え？」

「この場で婚約破棄を告げられた私のほうが可哀想だと思いますが」

そう、今この場にいるのは私たち三人だけではない。

今日は三か月に一度の交流デー。今はクラス学年関係なく、みんな仲良くしましょうという趣旨の学園パーティーの真最中で、この場には、私の通うステラ学園の全校生徒がいた。

公衆の面前で婚約破棄を告げられている私は、今後どのような噂を立てられるか想像に難くない。

「場所も弁えられないのか、もしくはわざとなのか……で、結局なぜ婚約破棄なんです？」

婚約破棄したいと主張するぐらいだから、何かしら理由はあるのだろう。いくら気が合わないからと言ってそれだけで婚約は破棄できない。なぜならこの婚約は王命だからだ。

そうでなければとっくに破棄している。私から。

オーガストは待ってましたとばかりに口を開いた。

「お前がベラに嫌がらせをしているからだ！」

「ベラ？」

ベラ、ベラ……ベラ？　誰？

クラスにいたかしら……いや、いないわね。

「誰です？　ベラさんって」

その人物に心当たりがない私はオーガストに訊ねる。

「ひ、ひどい！」

すると、なぜかその隣にいた砂糖菓子の少女が泣き崩れた。

オーガストはおろおろしながら彼女を支える。

「お、お前は血も涙もないのか！」

「なぜベラさんが誰か訊ねただけでそんなことを言われなきゃならないんです？」

「お前がいじめた相手なのに覚えてないなんて悪魔だな！」

「いじめなどしておりません」

「うそっ！」

私がいじめを否定すると、泣いていた少女が顔を上げた。

「あたし、いじめられたもの……嫌味もいっぱい言われて……」

ああ、なるほど、わかった。この子がベラなのね。

「あなたがベラさん？　残念だけど初対面ですね」

本当のことなのでそう告げたら、オーガストがこちらを睨み付けてきた。

「そんなわけないだろう！　お前は……そんな嘘を吐いて、恐ろしい女だな！」

嘘を吐いているのはどちらだか。

私はベラという少女に向き直った。

「私にどんな嫌がらせをされたんですか？」

「え？」

「答えられるでしょう、本当にされたなら。正確に」

ベラという少女は明らかに顔色を悪くした。しかし、オーガストはそんな彼女に気付かない。

「ベラ、言ってやれ！　お前がされたことを！」

「は、はい……」

少女は涙に濡れた頬を指で拭い、私を見つめた。でもその目が泳いでいるのを私は見逃さなかった。

「えっと、すれ違ったときに、嫌味を言われたり、肩をぶつけられたり……それから教科書を破られて、制服も汚されました！　あ、あと階段から落とされそうになったり……」

なるほどなるほど。

私は彼女の話をうんうん頷いて聞いた。

彼女はどこか探るように私を見る。だが探らせてもらうのは私である。

「あなた、どこの家の方ですか？」

「え？　えっと、ホワイト男爵の娘ですけど……」

やはり上位貴族ではなかった。

私はふう、とため息を吐いた。

「ここからは言いたいことをはっきり言わせていただきますね」

私はきっぱり宣言してから二人に向き直った。

「まず、すれ違う、と言いましたが、どこでですか？」

「え？　えっと、廊下とか……」

「学園のですか？」

「はい」

私はにこりと微笑んだ。

「私、あなたと違う校舎なので、すれ違うことはまずないですよ」

私の言葉にベラはハッとした表情をする。しかしすでに一度口にしてしまっているため主張を変えることはできない。

「私は伯爵家以上の方がいる校舎で過ごしています。まずあなたが使う廊下にいるはずがない」

「……」

「もし仮に私があなたのいる校舎の廊下を使用したら、それこそすぐに噂になるはずなんですよ。それぐらい、お互いの校舎を行き来することはあり得ませんからね。それに、私一応、次期王太子妃で、顔が広いからすぐにみんなわかりますし」

「……」

ベラは反論しない。私はそのまま続けた。

「あとは教科書でしたっけ……これも廊下と同じ理由ですけど……あなた本当に私を見たんですか？　間違いなく？」

「……」

ベラは口を開かない。当たり前だ。もしここで「間違いなく私を見た」と言えば、言質を取られることになる。

少しは頭が働くようだ。もっとしっかり頭を働かせていたらこの状況ももう少しマシになっていただろうに。

「あと制服……こちらも、制服を脱ぐ必要がある体育の授業があなたと被ることはないし、先ほどの理由からすれ違うこともないから、ほぼ不可能ですね」

「……」

「最後まで続けます?」

私は一応助け船のつもりで訊ねたが、彼女はキッとこちらを睨み付けた。先ほどまでしくしく泣いていた少女とは思えない表情だ。

反論されて悔しいのだろうか。残念ながら私も悔しい。こんな馬鹿どもに振り回されている事実が。

「やめろ! アンジェリカ!」

オーガストが私とベラの間に割り込んでくる。

「ベラをいじめるな!」

こいつは今までの話を聞いていなかったのだろうか?

「私はいじめていないし、今それの説明をしていたんですけど、耳聞こえてます?」

「耳……! お、お前はとことん失礼なやつだな!」

いや、勝手にいじめの犯人にしようとしたあなたたちに言われたくない。

「で、納得していただけました?」

「いいや、まだだ! なあみんな!」

オーガストが声をかけると、続々とベラとオーガストの周りに男子生徒たちが集まって来た。

え? 何? どういうこと?

彼らはオーガストのように私とベラの間に立ちはだかる。

「ベラさんに謝れ！」

「ベラは悲しんで泣いていたんだぞ！」

「さっきから言い訳ばかりで見苦しい！」

「こんな意地の悪い女が未来の国母だなんて……！」

ベラの周りで彼女を守る騎士のように佇んだ男性陣は、私をまるで親の仇のように睨み付けてきた。

ちょっと待って。今の話聞いていたのに、私が責められるの？　どうなってるの？

恋は盲目状態で周りが見えていないのか、こちらの様子を窺っていた彼ら以外のパーティー参加者が困惑している間にも、ベラの前に立ち塞がった男性陣はこちらを罵倒してくる。

初めは私も戸惑いが大きかったので黙って聞いていたが、ありもしない事実をペラペラしゃべられて、こちらも大人しくしていられない。

「あのねぇ」

さすがにここまででっち上げられた罪で罵倒されると腹が立ってくる。

妃教育で常に冷静沈着にと習ったけれど、我慢する必要は果たしてあるのか？

だってそもそも目の前にいる連中が冷静沈着ではない。

そして同じような教育を受けたのに、一番冷静でないお馬鹿さんがこちらを見て笑っているのが最高にムカつく！

もういい論破してやる！

私は大きな声を出すべく口を開いた。

そのときである。

「失礼」

私と私を罵倒してくる男性陣の間で壁になるようにして、一人の人間が立ちはだかった。

「なんだお前は！」

オーガストがその人物に噛みつく。

「とてもレディに対する態度ではないように感じたもので」

「なんだと……！　関係ない人間は引っ込んでろ！」

そうだそうだ！　とオーガストの声に男性陣が同調する。いや関係ない人間と言うのなら、ここにいる男性陣みんな関係ない。いじめたと言われている私といじめられたと言っている彼女が当事者であって、騎士気取りはどこかに行っていただきたい。

ところで間に入ってくれたこの人誰だろう？

「関係なくなどない。俺は彼女に惚(ほ)れてしまったのでね」

彼の言葉に騒いでいた男性陣が一瞬で静かになる。

当然私も固まった。

え？　何？　聞き間違い？

ほれたって何？　……ほれた？　惚れた!?

私の戸惑いを感じ取ったのだろうか。オーガストたちに身体を向けていた人物が、こちらを振り返る。

「かっ……」

思わず声が漏れた。

「はじめまして。スコレット公国から留学に来ている、第三公子のリュスカ・スコレットと申します」

彼は私の手を取って口づけた。

私は口をパクパクさせて、顔を赤らめる。

この行為自体は何も恥ずかしいことではない。ただのあいさつだ。だがしかし、この人物がすることによって私に大きなダメージを与えていた。

「かっこいい……！」

夜空を閉じ込めたような艶やかな黒髪。短髪なところが彼の爽（さわ）やかさを強調している。神秘的（しんぴてき）な輝きを放つ紺色の瞳に自分が映っているだけでドキドキする。背もオーガストより高いだろう。線は細く見えるが、鍛（きた）えているのがよくわかる体つきだった。

イケメンドストライク顔がいい！　顔がいい！　顔がいい！　身体もいい！

私は思わずうっとりと彼を見つめてしまったが、「レディ？」と私を呼ぶ彼の声にハッとする。

「は、はい」

「大丈夫か？」

「ええ」

ちょっと見惚れてしまっただけなので。

私は恥ずかしさのあまり彼から視線を外すと、苦々し気な表情でこちらを見ているベラと目が合った。

やはり先ほどの泣いていた儚（はかな）い少女は演技で、こちらが本性なのだろう。

男性陣はなぜ気付かないのだろう。あれほど至近距離（しきんきょり）にいるというのに。

「お前この女に味方するつもりか⁉」

この女、とオーガストが私を指差した。

「そうだが」

「信じられない……！　今後お前の国とは仲良くしないからな！」

オーガストが偉そうにリュスカに言い放つ。

いや、何を言っているのだ、あのお馬鹿さんは。

「オーガスト、あなた正気？」

ついに私は敬語をやめた。次期王太子妃として人のいる場では敬語を使うようにと言われているけれど、もうこの状況だ。もうやめていいだろう。

「ああ、僕が王になったら即刻関わりを断って……」

「スコレット公国はうちより大きな国よ」

オーガストは驚きの表情を浮かべる。

だから勉強はちゃんとしろとあれほど……とくに諸外国については知っておかないと王になんかなれないでしょうが！

まあオーガストがお馬鹿さんだから、私が彼の婚約者にさせられてしまったのだけど。

王様も迷惑だ。「息子が心配だから、嫁は賢い者を」とか言って王命で婚約を決めて。王命でなければ絶対こんなやつと婚約などしない。馬鹿の相手は疲れる。

「交流を断たれて困るのはこちらよ。国力からして差があるし、彼の国の小麦が輸入できなければ、うちはすぐに食料難になるわよ。農作業できる土地が少ないんだから」

我が国は土地が痩せ気味なので、食料は輸入に頼り、鉱山事業などをメインに行っているのだ。

自分の国なのにそんなことも知らなかったらしい王太子は、おろおろとしている。

本当に情けない。

「大変失礼しました。リュスカ様」

私はオーガストに代わり頭を下げる。本当は代わりなどしたくはないが、この馬鹿のせいで国が傾いたりしたら目も当てられない。

「いや、気にしていない」

それより、とリュスカは続けた。

「俺にも敬語なしで話してくれないか？　君にはそうしてもらいたい」

「あ、え……は、じゃなくて、うん……？」

リュスカの笑みでお願いされると嫌とは言えず、私は彼に敬語なしで話しかける。彼は嬉しそうにさらに笑みを深めた。

か、かっこいい……！　まるで後光が差すよう……！

内心でドギマギしているとリュスカが口を開いた。

「俺はどうも君に惚れたようだ」

「え？」

今なんて言った？

「俺は君に惚れたようだ」

リュスカがもう一度言った。

聞き間違いではない。リュスカは確かに「俺は君に惚れた」と言った。

そういえばさっきもそう言っていたような……き、聞き間違いや、その場しのぎで言った言葉じゃなかったの!?

私は思わず叫ぶ。

「な、なぜ⁉」

「君の見事な反論が心地よかった。俺は自分の意思をはっきり持った強い女性が好きなんだ」

真剣な眼差しで言われ、ときめかない女性はいないだろう。

顔もすごく好みだ。かっこいい、かっこいい！

が、想いを受け入れるとなると話は別だ。

私は彼についてほとんど知らないし、彼も今のやりとりでしか私を知らない。

そんな一時の想いをすぐさま受け入れるほど考えなしではない。お互い思っていたのと違ったら、結婚生活が悲惨なものになる。

それに残念ながら、私はまだオーガストの婚約者である。

「ふんっ、そんな女欲しければくれてやる！」

オーガストが言う。別にオーガストと婚約していたいわけではないが、私のことをまるで自分の物であるかのように言われるのは腹が立つ。

「結局あなたの意思は、私と婚約破棄するということでいいのかしら？」

「ああ、もちろんだ！　お前のような生意気な女より、ベラのほうが何倍もいい！」

オーガストがベラを抱き寄せる。

「……自分以外の男を侍らせている女が好みなんて、変わってるわね」

「違う！　ベラが魅力的なだけだ！」

ベラはうるうると瞳を潤ませる。

「また意地悪を言われた……ひどいです……」

「お前ベラを泣かせたな！」

今のは本当のことを言っただけなんだけど。

他の男たちに守ってもらっても拒否せずそれを許している現状だけど、オーガストは本当にそれでいいのだろうか？　いや、いいのだろう。なんであれ私には関係ない。

「でもベラさんは男爵令嬢でしょう？　結婚は難しいんじゃない？」

「伯爵家あたりに養子縁組させればいい！」

なるほど、そこまで考えなしではなかったか。

ベラとのことをオーガストなりに真剣に考えていることがわかった。

「私との婚約はどうするわけ？」

「だから破棄だ破棄！　お前と結婚なんか死んでもごめんだ！」

それはこちらのセリフである。

「あのね、私とあなたの婚約は王命なの。何度お願いしても破棄してもらえなかったわけ」

遠回しにこっちはもっと早く婚約破棄したかったと伝えてみる。

「お前の罪が明らかになれば父上も認めてくれる」

残念ながら言葉の意味は伝わらなかったらしい。というか、婚約破棄のためにしてもない罪を認めろって？　冗談じゃない。

「お前の主張はすべてお前が言っているだけで、確たる証拠がないじゃないか。やっていない証拠を出さなければ、俺はお前の言葉を認めない」

「やっていない証拠を出せって？」

やった証拠よりやっていない証拠を出すほうが難しい。

また面倒なことを言って……。

「陛下はなんと仰っているの？」

「父上は今いない」

……なんですって？

「父上は今他国に外交に出られている。だから婚約破棄するなら今なんだ」

オーガストが今行動した理由がわかった。

オーガストも父親が婚約破棄をさせてくれるとは思っていなかったのだ。

「だからお前の罪を暴き——」

「いいでしょう、婚約破棄、受けましょう」

この機会を逃す手はない。散々婚約をなしにしようと手を打ったけど、国王陛下に阻止されてきた。

やるなら陛下のいない今しかない！

「そうか、なら！」

「だけど、その条件で婚約破棄なんてしないわ」

私の言葉にオーガストの顔が歪む。

「何？」

「それだと私が罪を犯して破棄したことになる。お断りよ」

婚約破棄を無事にできても、私がベラをいじめたことが原因となってしまうと、私自身の傷になる。

「私がベラをいじめていないと証明すること……さっきそう言ったわね？　いいわ、証明してあげる。そしてあなたが私に罪を擦り付けたことを理由に婚約破棄するわ」

「なんだと！」

これなら傷が付くのは私ではなくオーガストだ。

「いいじゃないか、それ」

黙って話を聞いていたリュスカが賛同した。

「これでお互いどちらが悪いかはっきりするし、どちらにしても婚約破棄できる。それともあれかな？　オーガストくんは勝てる自信がないのかな？」

「なっ！」

オーガストが怒りで顔を真っ赤にする。

「そんなわけないだろう！　いいだろう、ここにいるみんなが証人だ！　父上が帰ってくるまでに、いじめていなかったことを証明してみろ！」

「わかったわ」

私は深く頷いた。

「お前と同じ空気など吸っていられない。行こうベラ」

「あ、はい」

「待ってベラさん！」

オーガストとベラが、ぞろぞろ男たちも引き連れて会場を後にする。

ベラは確かに可愛いけれど、先ほどの男性陣の様子は異常に思える。そんなに惚れ込んでしまうほど、彼女は魅力的だろうか？　私から見たら逆ハーレム築けるほどの魅力は感じなかったのだが。

考え込んでいると、肩をトントンと叩かれた。リュスカだ。

「あ……」

私は助け舟を出してくれたのに、リュスカにお礼を言っていなかったことに気が付いた。

「あの、ありがとう」

「いや、大したことじゃない。彼が短絡的な人間で助かったね」

本当にその通りだ。

「それより、こんな口約束のような形で本当に婚約破棄できるのか？」

「証人が大勢いるもの。たとえ陛下が帰って来ても、なかったことにするのは難しいでしょうね」

初めはこんな公衆の面前で、何をしでかしてくれたのかと思ったが、今となってはありがたい。おかげでしたくてもできなかった婚約破棄ができそうだ。

「そうか。なら俺も協力しよう」

「はい？」

リュスカが私に微笑む。

「やっていないという証拠集めだ。君一人では難しいだろう。俺も手伝う」

「いえ、そんなわけには……」

「惚れた女を助けるのは当然だろう？」

ほ、惚れたって……。

「その、本気なの？　私を好きになったって……」

「ああ、もちろん。こんなことで嘘は吐かない。この婚約が破棄できたら、俺と婚約してほしい」

リュスカが手を差し出してくる。

私はその手を握れなかった。

「私、あなたのことを知らないし、そんな状況で婚約するという返事はできないわ」

リュスカは嬉しそうに笑みを深めた。

「そうだな。なら俺が君に協力して一緒に行動する間、俺の為人(ひととなり)を見て決めてくれればいい」

協力してくれている間にリュスカのことを知る……。

私はいまだこちらに差し出されたままの手を見つめ——そして握った。

「わかったわ。あなたのこと、証拠を集めながら考えてみる」

「ああ、よろしく頼む」

彼の手はほんのり温かかった。

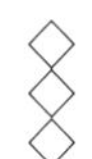

「ただいま戻りました」

パーティーから家に戻るとすっかり疲れ切っていた。だが、まだすることがある。

私はそのまま自分の部屋に戻らず、スタスタとある場所に向かった。

ある扉の前で立ち止まると、そのままノックをする。

コンコン、コンコン。

反応がない。

これはまた仕事に夢中になっているわね。

「お父様！」

私はノックするのをやめて大きな声で呼びかけながら執務室に入った。

しかし仕事中の父はこちらを見ない。

「お父様！」

いつもそうだ。夢中になると他のことには気付かなくなってしまう。

「お父様！」

「うわぁ！」

私が父の耳元で大きな声を出すと、驚いた父が椅子から転げ落ちた。

「いたたた……アンジェリカ、もっと普通に声をかけられないのか？」

「かけました。何度も」

父が気付かなかっただけで。

「そ、そうか……で、どうした？　お前がわざわざここに来るのも珍しい」

父は腰を摩りながら椅子に座り直した。

「婚約破棄できるかもしれません」

一瞬の間の後、父が椅子から立ち上がった。せっかく座ったのに。

「な、何!?　それは本当か!?」

「はい。というか、婚約破棄宣言されたので。みんなの前で」

「はあ!?」

父が青筋を立てた。

「あの馬鹿が？　よりによってあの馬鹿から？　こっちだって好きで婚約させてたわけじゃないのにそもそもの原因であるあの馬鹿のほうから婚約破棄宣言だと!?」

そうです。あの馬鹿がです。

父が馬鹿馬鹿言うのも仕方ない。だってその馬鹿さのせいで婚約することになったのだから。

それは私が六歳のときのことである。

まだ王太子になる前、第二王子であるオーガストのお友達探しという名目で、同年代の子供が王城に集められた。

本来こういうものは同性の子供だけ集められるのだが、第二王子が女友達も欲しいと騒いだため、私も集められた。

思えばこの頃から女好きだったのだろう。

国王陛下も王妃の子であるオーガストに弱かった。身分の低い側妃に先に子を産ませた負い目もあったのだろう。

この頃からあった国王のオーガストへの甘さは今も続いている。

集められた子供たちはこぞってオーガストの気を引こうと躍起（やっき）になっていた。なぜならすでにオーガストが王太子になるだろうことがほぼ確定していたからだ。第一王子の母である側妃は身分が低かったため、第一王子より王妃の子である第二王子オーガストが優先されるのは当たり前のことだった。

次期王太子であるオーガストとお近づきになれれば、将来は安泰だ。男の子なら側近に。女の子なら王妃になれる可能性がある。親にも言い含められているのだろう。子供たちは必死にオーガストに媚びを売っていた。

対して私は——。

「早く帰りたい」

そう思いながらデザートをつまんでいた。

我が家は公爵家でそれなりの地位がすでにある。父は仕事人間ではあるが、今よりもっと上に上りたいと思うほどの野心家でもなかった。

だからだろう、父からオーガストについて何も言われなかったし、言われなかったということは別に擦り寄る必要がないと私は判断した。

私はただ静かにこの茶番劇を傍観しているはずだった。

「きゃあ！」

そこでひと騒動起こるまでは。

悲鳴が聞こえた方向に顔を向けると、一人の少女が倒れこんでいた。

「あんたなんかが殿下に近付くなんて百年早いのよ」

扇を手にして幼いながらに性格の悪さを醸し出している少女は、確か伯爵家の娘で、名前はなんだったか……。

「エミリー嬢、どうしたんだ？」

そうそう、エミリーだ。

オーガストのおかげで名前を思い出す。エミリーが鬱陶し気な顔をしながら、床に座り込んだ少女を指差した。

「この女が殿下に擦り寄ろうとしていたんですよ。たかが子爵家の娘のくせに」

オーガストが床に座り込んだ少女を見る。

「ああ。君、名前はなんと言ったか」

「デ、デイジーです」

少女、デイジーは震えた声で答えた。オーガストは笑みを浮かべる。

「君、分を弁えないと」

「え……？」

デイジーが困惑に満ちた表情でオーガストを見る。

「いくら貴族全員呼んだからといって、子爵家の子が僕と仲良くなれるはずないだろう？」

デイジーが目を見開く。

「あ、あ……」

デイジーが身体をカタカタ震わせた。

「も、申し訳ございません……」

涙を堪えながら、オーガストに謝罪する。

「ふん。これからはもっと振る舞い方を考えるんだな」

偉そうに言うオーガストに寄り添うエミリー。デイジーは二人に怯えた様子で、反論もできず、身体を小さくするしかないようだった。

何あれ、あいつ馬鹿なの？

私は床に座り込んで立ち上がることもできないデイジーを見て、彼らの間に入り込んだ。

「は？　誰よあなた」

「ベルラン公爵家が長女、アンジェリカです。……地位で言えば、あなたより上になりますね」

チラッとエミリーを見ると、先に自分から身分の話を出したせいで旗色が悪いと思ったのか、ぐっと押し黙った。

「ああ、お前がベルランの……なぜ僕の近くに来なかった？」

「殿下のご友人になられたい方は大勢いるようでしたので、私は遠慮させていただきました」

もっともらしい理由を告げると、オーガストは納得したようだった。

実際はただ仲良くしたくなかっただけだが。

「それより、彼女には丁寧に接したほうがよろしいかと思います」

「彼女というのはまさか……そこに座っている女か？」

「そうです」

オーガストがそこ、と指を差す先にはデイジーがいる。

その行為も不快だが、今はひとまず流すことにする。

「なぜお前にそんなことを言われなければならない？　不愉快だ」

「我が国が進めている鉄道事業をご存じですか？」

私はオーガストの問いを無視して話を進めた。愚か(おろ)者と無駄なやりとりをする気にはならない。

「鉄道？」

「物流の流れを良くするため、また街の発展のために、今推し進めているのです」

「それがどうした」

「その事業の要(かなめ)にいるのが、彼女の家、バクス家です」

「何？」

オーガストが食いついた。

「なぜたかが子爵家ごときにそんなことを」

「彼女の家は資産があります。大きな商会を持っているんです。その関係でもともと物流に強いので、彼女の家と協力して行っているのです。——それに、近々その功績が称えられ、伯爵になる予定です。……そうよね？　デイジー嬢」

「は、はい！　そうです！」

屈辱と恐怖でプルプル震えていたデイジーが嬉しそうな表情をする。

「国王陛下が大事にしている家門とは仲良くするのが得策かと思いますが」

「……ふん！　そのことを教えないこいつが悪いだろう！」

この坊ちゃん、人に謝るということを知らないのかしら。

知らないのだろう。国王が甘やかしすぎるから。

「それから、エミリー嬢」

「……！」

私の呼びかけに、エミリーはびくりと肩を震わせた。

「……なんでしょう？」

こちらはため口から敬語になるぐらいの常識は持ち合わせているようだ。

「身分を気にしているようですが、あまり気になさらないほうがいいですよ」

「え？」

「だって、あなたの家、そろそろ没落するでしょうから」

「……え？」

この反応からすると、本当に知らなかったのだろう。

私は彼女にきちんと説明してあげた。

「あなたのお父様が事業に失敗して、多額の借金を背負っています。なんとかしようと頑張っているようですが、税金も納めていないので、貴族の役割を果たしていないとみなし、近々爵位没収となるはずです」

「……なんですって？」

寝耳に水なのだろう。彼女は顔を青ざめさせた。

「そんなはず……でたらめ言わないでちょうだい！」

「でたらめではありません。なぜなら国王陛下からの命令で、あなたの家の状況の確認と、爵位没収の手配をしているのは私の父ですから」

エミリーは口をパクパクと開き、驚きを隠せない。

オーガストは腕にしがみ付いているエミリーを振り払った。

「オ、オーガスト様……」

「離れろ。身の程を弁えられないのか」

エミリーはショックからフラフラとよろめき、そして人々の視線が自分に向けられていることに気付くと、その場を走り去ってしまった。

このくだらないパーティーが終わるまで誰も家には帰れないのだけど、彼女はどこに行く気なのだろう。

私はそんなことを考えながら、デイジーに手を貸す。

「さあ、立って」

「あ、ありがとうございます……」

デイジーが私の手を使って立ち上がった。

「なんとお礼をしたらいいか……」

「そんなの気にしないでください。あの連中に腹が立ったから。好きでしたことですから」

本当に好きでしたことだ。

そのとき、パチパチパチと、どこかから拍手の音が響いた。

音のほうを見れば、国王陛下がこちらに向けて手を叩いていた。

「実に素晴らしかった、アンジェリカ嬢」

「……恐れ入ります」

私は国王陛下に頭を下げる。

「その少女を擁護しながら、相手を理路整然と追い詰める手腕……君は本当に六歳か？」

「この間六つになったお祝いをしたばかりです」

「そうか。オーガストに爪の垢を煎じて飲ませたいぐらいだな」

「父上？」

「冗談だ。本当に飲ませたりせんよ」

国王の言葉にオーガストはほっとした表情をする。

……まさかと思うけど、今の言葉が比喩表現だってわかっていないとかじゃないわよね？

「うんうん。やはり君しかいないな」

国王が何やら一人で頷いて納得している。嫌な予感がする。

「アンジェリカ嬢、オーガストの婚約者になってくれないか？」

「はい？」

「いや、拒否権はないが」

ならばなぜ一度疑問形で言ったのだろう。

絶対嫌だ。だって性格が最悪だもの。

私が反論しようと口を開くより先に、オーガストが間に入り込んだ。

「父上！　冗談じゃない！　僕はこんな頭でっかちな女より、愛らしい守りたくなる女の子がいいです！」

オーガストに失礼なことを言われたが、彼がそう思うのならぜひともその愛らしい守りたくなる女の子と婚約してもらおうと思い、黙っていた。

しかし国王は首を振る。

「お前は国母をなんだと思っている？　王に守られている王妃など片腹痛い。王が不在のときや、病気になったとき、王の代わりをするのは王妃だ。軟弱者では務まらない」

「ですが……！」

「これは決定事項だ」

国王がピシャリと言い放つ。

「オーガスト。お前は少し考えが足りない。しかしアンジェリカ嬢ほど賢い娘が王妃となれば、彼女が支えてくれるだろう」

最悪だ。この国王陛下は、出来の悪い息子のことを、全部私に丸投げする気だ。そうとしか思えない言葉だ。

オーガストは王となるけれど、実質仕事をするのは私だと言っているのだ。

冗談じゃない。そんな面倒なこと誰がするものか！

というか、それだと私だけが貧乏くじ引いている！　オーガストはいいとこどりしてるだけじゃないの！

「陛下、お言葉ですが……」

「アンジェリカ嬢。言っただろう？　これは王命だ。逆らうことは許さん。のちほど家に婚約誓約書を送るから、きちんとサインをするように」

国王は反論する隙を与えてはくれず、私はこうしてオーガストの婚約者となってしまった。

そんなこんなで六歳から十七歳になった今に至るまで、婚約は続いていた。

「お父様が弱いから……」

「俺？　いやいや、王命出されたら断れないんだって！」

父が心外だという顔をする。

王命が断れないのはわかる。ちょっと言ってみただけだ。父が国王に婚約を考え直すよう今日まで必死に説得を続けてくれていたことは知っている。

国王は全然受け入れてくれなかったけど。さすが親子。人のことを考えないところがとても似ている。

「でもお前はいいのか？　婚約破棄しちゃって……これまで妃教育も頑張ってきたのに……あいつが使えなさすぎるからいっそ自分が国を導くとか言ってなかったか？」

父の言う通り、私は未来の王妃ということで、これまで自由な時間を犠牲にしてまで妃教育を受けてきた。

他の令嬢はやれパーティーだやれ観劇だの行っている間にずっと勉強である。

しかも私がしていたのは妃教育だけではない。未来の王を支えるため――というか、未来の王に成り代わるため、王になる者が受ける勉強もしてきた。

そう、国王陛下は早々に息子に国政など無理だとあきらめていたのだ。

そんな人間を王にしようとしないでほしい。傍系から選出してくれ民のために。

だが実際は直系の子供がいるためそうはいかない。

そうして国王陛下が導き出した答えは、優秀な王妃を迎え、お飾りの王の代わりに頑張ってもらうことだった。

そしてその人身御供（ひとみごくう）が私である。

ぶん殴りたい考えである。もし私があと少しで死ぬなら必ず国王をボコボコにしてから死ぬ。むしろ道連れにする。

「ええ、別に王妃の座に未練はありませんし、何よりあの馬鹿の妻になんて絶っっっ対になりたくありません」

もともと王妃になどなりたくなかった。あの馬鹿の婚約者になってしまったから仕方なく覚悟を決めたけど、ならなくていいならなりたくない。ちなみに王妃になるのがすごく嫌だというより、オーガストの妻になるのが嫌なだけだ。

それぐらいお互い気が合わなかった。オーガストは会う度に私を頭でっかちと言い、私は私でもう少し利口にならないかなと思っていた。さすがに私は面倒なことになるのがわかっていたから口には出していなかったが、相手には伝わっていただろう。

これだけ水と油な私たちだ。今回のことは起こるべくして起きたのかもしれない。

むしろ結婚してからじゃなくてよかったのかも。

「それでどうやってそんな話になったんだ？」

「ああ、それが……」

私は父に起こったことを一から説明した。

みるみる父の顔に怒りが浮かぶ。

「あのクソガキ」

「お父様、口が悪いです」

私の口の悪さはきっと父譲りだろう。

「なんでお前が悪いことになっているんだ？　元はと言えばあの息子馬鹿で利己的な国王が……」

「まあまあ、どんな理由であれ婚約破棄できそうなのですから」

「でも国王が知ったら絶対許さないぞ。お前をほぼ国王代わりになるように育てたのに、それがどこかの男爵家の娘に取って代わられるなんて」

「ええ。だから陛下がお戻りになる前に終わらせなければ」

幸い今、国王陛下は外交に行っている。邪魔もできない。

「それで何か作戦はあるのか？」

「ないです」

「は!?」

私の言葉に、父が私の肩を摑み揺する。

「な、なんだと!?　お、お前負けたらどうする気なんだ!?」

「そのときはそのとき。今回向こうが浮気をし、私と婚約破棄すると大勢の前で宣言しましたからね。これに関しては言い逃れができません。そこを突つきます。国王陛下も証人が大勢いる以上、婚約破棄を受け入れるでしょう」

「でもお前がいじめたということにされたら」

「私が負けたらそうなるので、嫌な相手と長い間婚約させられた上に傷物にされたということで、お父様のスネをかじりまくります」

「ニート宣言!?」

「だって、いじめをして婚約破棄された令嬢なんて、誰が欲しがります？　今まで苦労した分たっぷり楽をさせてもらいますよ」

　お父様が婚約を承諾したからこんなことになっているのだ。断れなかったとか関係ない。おかげでずっと自由もなく苦労したのだから、お父様に責任取ってもらわないと！

「わかったわかった！　苦労させたもんな……自由にしなさい」

「ありがとうございます！　存分にスネかじりになります！」

「負ける前提で話すのはやめなさい」

　宣言したら父に窘（たしな）められてしまった。

　スネをかじる前提の話をしていたが、実際は負けるつもりなんてない。勝算はあるかと聞かれるとうんとは言えないが、私は負けず嫌いなのだ。

何よりあの馬鹿たちに負けるなんて悔しすぎる。絶対ギャフンと言わせたい！

「お嬢様、どうかされましたか？」

部屋に戻ると私専属のメイドであるアンが無表情で訊ねてきた。

アンは常に無表情だが、機嫌が悪いのではない。ちょっと感情を出すのが苦手なだけだ。

「あの馬鹿に婚約破棄宣言されたのよ」

「……はい？」

アンの表情は変わらないが、私には彼女の機嫌が悪くなったのがわかった。

「お嬢様からではなく、あの馬鹿からなのですか？　そんなのおかしくないですか？　ぶちのめしていいですか」

「アン、落ち着いて」

アンは私に対することだけ過剰に反応することがある。

「気持ちは嬉しいけど、そんなことしたら牢屋行きだからね」

「牢屋行きなんて……そんなところに入るならいっそあの馬鹿も道連れにします」

「アン、命大事にして」

アンならやりかねない。

「それで、なぜそのようなことに？」

「ああ、えーっとね……」

私は父にした説明を、もう一度アンにもする。アンはうんうんと頷きながら聞いた後、真顔のまま こう言った。

「ちょっと埋めてきます」

「何を!? 待ってアン早まらないで！」

どこから出したのか、大きなスコップを持って出て行こうとするアンを引き止める。

「お嬢様がそんなセコイことするわけがないのに……あの馬鹿に嫉妬するなどありえないのに……馬鹿だからわからないのでしょうか？」

「馬鹿だからわからないのでしょうね」

「ちょっと馬鹿の頭をこれでかち割って」

「アン、アン、それここに置きなさい」

アンからスコップを取り上げて、やっと一息つく。

「それで、どうするんですか？」

「そうねえ……」

やった証明よりやっていない証明のほうが難しいのだ。向こうは適当に証拠を偽造すればいいが、やっていない証明をしなければいけないこちらはそうはいかない。

「とりあえず、やっていない証拠を集めると同時に、あの二人に嵌(は)められたという証拠を集めるしかないわね」

オーガストとベラに嵌められたことが証明できれば、それイコール私がやっていない証拠になる。

「国王陛下が来る前になんとかしないと」

国王が国に戻ってきたら絶対約束は反故にされて結婚させられる。

こうなるまでは、オーガストと結婚なんてすごく嫌で嫌でたまらないけど自分が王様になってやるからいいや、と仕方なく受け入れていた。だけど、結婚前にあんな堂々と浮気されたらお断りである。何人隠し子作られるかわかったものではない。

「国王の頭もかち割りますか？」

「アン、そのスコップ気に入ったのね」

アンがまたスコップを持って生き生きしているが、しっかり没収させてもらった。

スコップを取られないように隠し、私は気合を入れる。

「明日から忙しくなるわよ！」

第二章　証拠集め

「やあ」

次の日。

休み時間に聞き込みをしようとした私を待ち伏せしていたのは、昨日私にプロポーズした男――リュスカだった。

「えっと……リュスカ様？」

「つれないな。リュスカと呼んでくれ。オーガストくんは呼び捨てだろう？」

「リュ、リュスカ……」

異性を呼び捨てにするのは照れる。ちなみにオーガストくんは異性枠ではなく、出来の悪すぎる弟枠である。私の本当の弟のほうが賢いわ。まだ五歳だけど。

「うん、これからはそう呼んでね」

笑顔が眩しい。オーガストの腹立たしい笑顔ばかり見てきたせいか、浄化される気がする。

「オーガストくんとは同じクラスじゃないんだね」

「ええ。オーガストは一つ年上だから、学年が違うの。……本当は私が飛び級してもいいぐらい勉強を終わらせているのもあって、未来の王太子と王太子妃だしオーガストのフォローも私ができるんじゃないかと思われて同じクラスにしたらどうかという話もあったんだけど、少しでも会う機会を減らしたくて断固拒否したの、私が」

同じクラスになって毎日顔を合わせるなんて地獄過ぎる。

「それでよく結婚しようとしてたね、君たち……」

確かに。

でもおかげで心穏やかに過ごせている。

「それで、何か用かしら？」

「嫌だな、協力するって言ったじゃないか」

ニコッとリュスカが笑う。

「これから証拠探しに行くんだろう？　俺もついていくよ」

「そんな……」

「俺がやりたくてやってるんだ。それに、もしかしたら男手が必要かもしれないだろう」

「………」

今日は聞き込みをしようと思っているので、男手はおそらく必要ない。だが、もしかしたらオーガストが何か仕掛けてくるかもしれない。

……護衛としていてもらおうかな。

「……お願いするわ」

「うん、よろしく」

私が歩き出すと、リュスカも後をついてくる。

「どこに行くんだ？」

「あのベラという少女がいる校舎に。彼女の主張だと、私はあそこで彼女をいじめていたようだから」

「なるほどね」

　実際はいじめていないのだが。

　あのベラという娘は何を思ってこんなわかりやすい嘘を吐いたのか。いや、深く考えてなかったのかもしれない。オーガストが味方ならすべてどうとでもなると思ったのだろう。さすがオーガストの選んだ女性。オーガストと同じく頭がからっぽだ。

　しかし、残念ながら私はやられっぱなしは性(しょう)に合わない。

　向こうが先に手を出してきたのだから、しっかり落とし前はつけてもらう。

「こっちはまた雰囲気が違うね」

「ええ。もうすぐ下位貴族の校舎だから。昔は校舎も合同だったらしいけど、それこそベラが主張するようないじめがあったりしたから、分けることにしたそうよ」

　同じ学生といっても、貴族というのは序列がある。そんなにいないが、やはりまだ分別ができない学生のうちは、身分を笠に着て下位貴族をまるで自分の手下のように扱う上位貴族が続出したそうだ。その予防として、こうして校舎を分けている。

　と言っても絶対違う校舎に行ってはいけないわけではない。上位貴族は下位貴族の校舎に行ってもいいし、上位貴族の校舎も同じである。ただなんとなく慣習でみんな行き来しないだけだ。

そんな話をしている間に、ベラがいる校舎に来た。

私は近くにいた男子生徒に声をかけようとした。

「あの……」

「お前と話すことなんかないっ！」

……は？

私が何か言うより早く、男子生徒は私をキッと睨み付けてその場を去ってしまった。

……何あれ？

「随分敵意があったね」

「……ええ」

あの生徒とは初対面のはずなのに……。

私は気を取り直して今度はそこを通りがかった女子生徒に声をかける。

「ねえ、あなた……」

「ひっ、話しかけないでください！」

女子生徒は青い顔をしてそそくさと逃げてしまった。

「女子生徒まで……？」

男子生徒はまだわかる。あのベラという少女に惚れて敵意があるのだろう。

しかし女子生徒はさすがに彼女に惚れることはないだろう。なのになぜ逃げるのか？　男子生徒のようなあからさまな敵意とはまた違った反応だった。まるで、私と話すと何かまずいことがあるみたいな……。

「これじゃ聞き込みもできないじゃない」

私がここにいなかった、一度も見たことがないと、数人に証言してもらうだけでいいのに……まず答えてくれる人が捕まらない。

他の人は、と思って周りを見るも、みんな視線を逸らす。

「困ったわね」

「いい気味だな、アンジェリカ！」

そのとき、聞き慣れた声がした。

私がこの世でもっとも顔を見たくない相手だ。

「オーガスト……」

声のほうを振り返ると、オーガストが仁王立ち(におうだ)していた。その隣にはベラもいる。

ベラはオーガストの腕にしがみ付いており、もう関係を隠すつもりもないようだ。いや、初めからそのつもりはなかったか。

「証拠は見つかったか？」

「あなたに言う必要ある？」

「その様子だと、まだ何も見つけられていないようだな」

オーガストが馬鹿にしたように言う。

その言葉に先ほどの生徒たちの姿が思い浮かぶ。

「あなた何かしたの？」

「いいや、別に何もしていない」

オーガストは首を横に振るが、そんなことは信じられない。

「もしあなたじゃないとしたら……ベラさんかしら？」

私が視線を向けると、ベラはびくりと身体を震わせた。

「やだ……怖い……」

瞳を潤ませるベラ。

なんだろう。なんかこう……イラっとする。

「おいベラさんをいじめるな！」

「また泣かせたなこの悪女！」

「お前なんかさっさと負けて引きこもれ！」

どこから現れたのか、男子生徒たちが彼女を守るように立ちはだかる。

「あなたたち前からなんなの？　彼女のおっかけ？」

私の問いに、彼らはムッとした表情をした。

「おっかけだなんてそんなものじゃない！　俺たちは彼女の親衛隊だ！」

「彼女を守るのが使命！」

「彼女には指一本触れさせないぞ！」

う、うわぁ……。

彼らの顔は輝いているが目がイっちゃってる。やばいやつだこれ。やばいやつ。

私は彼らから距離を置いた。

「でも彼女、オーガストといい仲のようだけど……それでもいいの？」

私が聞くと、彼らは急に号泣し始めた。

え⁉　何で⁉

「で、殿下なら……仕方ない……！」

「ああ……他の誰かより、王太子ならまだ納得できる……！」

「幸せにね、ベラさん……！」

怖い。もはや宗教のようだ。

私はまた一歩離れた。

「ああ、僕がベラを幸せにするから安心してくれ」

「オーガスト様……」

あちらはあちらで二人の世界を展開している。

この人たち周囲が引いていることに気付かないのかしら。

「ふーん……指一本ね……」

私の隣で静かにしていたリュスカがおもむろに二人のほうに向かった。

「なんだ!? やる気か!?」

オーガストがリュスカに立ち向かおうとする。が、オーガストは残念ながら甘やかされたボンボンだ。武術などもできないし、運動神経もない。

リュスカはオーガストをさっと避けると、ベラに近付き、人差し指で腕に触れる。

リュスカは触れた指を伸ばしたまま、親衛隊に向き直った。

「で、どうする？ 指一本触れさせせないんじゃなかったの？」

リュスカの言葉に、親衛隊が震えた。

「あああああ守れなかったすみませんベラさんー！」

「これはもう死で償（つぐな）うしか……」

「俺は親衛隊失格だっ……！」

みんながショックで打ちひしがれている。

ちなみに私はその様子にドン引きしている。引く。普通に引く。

そして触られたベラはと言えば、なぜか頬を赤らめてリュスカを見ていた。

「リュ、リュスカ様も、もしかしてあたしを……？」

「いや全然違うけど？」

リュスカが冷たい表情でベラを見る。

「でも、あたしに触れて……」

「あの親衛隊の反応が見たかっただけだよ。君にはまったく興味がないし、君のような女性はむしろ嫌いだ」

リュスカに冷たい視線を向けられ、ベラは一瞬その可憐な顔を歪ませた。

自意識過剰な彼女は、おそらく本当にリュスカが自分に気があるのかもしれないと思ったのだろう。

リュスカはこちらに戻ってくると、私の肩を抱いた。

「俺が興味あるのはアンジェリカだけだよ」

こ、殺し文句……！

「き、気安く触らないでください！」

私は慌ててリュスカの腕を払いのける。

「手厳しいなぁ」

「女性をそんな簡単に抱きしめるものではありません！」

「でもあっちは引っ付いてるよ」

リュスカがオーガストたちを指差した。

「彼らに羞恥心がないだけです！」

パーティーでダンスを踊ったりする以外で、人前で異性がくっついたりすることは私の中では非常識だ。

だって妃教育でそう習ったもの！

「だってさ」

リュスカが馬鹿にしたようにくっついている二人を見る。

オーガストは恥ずかしさというより、おそらく怒りで顔を真っ赤に染めていた。

「お前たちに構っている暇はない！　もう行く！」

プンプン怒りながら去って行く二人と親衛隊に向かって、リュスカがひらひらと手を振る。

「自分から絡みに来たくせに」

呆れた視線を送っていると、リュスカが私を振り返った。

「想像以上にアレな人だね、彼」

「ええ、まあ、そうですね……」

昔から頭のねじが数本足りないのよね。

「アンジェリカ」

リュスカがじっとこちらを見る。

「敬語」

「あ」

気付いたらまたリュスカに敬語を使っていた。

「ごめん、慣れなくて……」

「少しずつ慣れてくれたらいいよ」

リュスカの言葉にほっとする。

「ところで……なんであの子はあんなにモテるんだ？　理解できない」

「私にもわからないけど、男性は彼女のような女性が好きなのでは？」

可愛らしくて弱そうで、守ってあげたくなるような女性。私とは正反対だ。

「少なくとも俺は好きじゃないね。それに、いくら可愛いといっても、恋人とあんなにべったりしていたら普通冷めるけどな」

確かに。

親衛隊はオーガストとベラの関係を認めて身を引くどころか、まるで何かに取り憑かれたように彼女のことを崇拝していた。

「まあ人の心はわからないね。とくに色恋に関しては」

「そうね」

これればかりは当人にしかわからない。

傍から見たらどうしてと思うような男女がカップルになるようなこともあるのだ。

「それにしても……まさか人に協力を仰ぐ以前の問題だとは……」

協力どころか話を聞くことすらできない。

男子生徒はまだわかる。あのベラという少女を崇拝しているのだろう。

だが女子生徒まで私を避けるのはなぜなのか。むしろ逆ハーレムを築いているベラに反感を持ってこちらに協力してくれそうだと思ったのに。

「あの……」

これからどうするか……。

「あのー！」

「何!?　今考え事を……！」

声のほうを振り向くと、一人の女子生徒が申し訳なさそうに佇んでいた。

「ご、ごめんなさい。何度か声をかけたんですけど……」

「あ、いえ、こちらこそ気付かずにごめんなさい……」

ペコペコとお互い頭を下げる。まったく気付かなかった。

大人しそうな女子生徒が申し訳なさそうにしているのを見て、逆にこちらが申し訳なくなってくる。

「えっと、何か話が……？」

「あ、はい……その……」

女子生徒がチラチラと周りに視線を向ける。よく見ると、こちらを気にしている様子の男子生徒いない。

が数人いる。おそらくベラの親衛隊の人たちだろう。こちらを見張ってベラに報告するつもりに違

「場所を移したらどうだ?」

リュスカが提案する。

「そうですね」

親衛隊を気にしているということは、きっと彼らに聞かれたくない話なのだ。

「一緒に来てください」

私は彼女を促して、その場を後にした。

「申し遅れました。私はデイジー・バクスと申します」

ペコリ、と少女が挨拶する。

茶色い柔らかな髪を腰まで伸ばし、黄色いつぶらな瞳をした少女は、ベラとはまた違った可愛さがある。私が男だったら、ベラよりこの子を選ぶ。内面の良さがよく表れているもの。

なんとなく聞き覚えのある名前な気がするが思い出せない。

「声をかけてくれたから多分知っていると思うけど、私はアンジェリカ・ベルランよ」

「リュスカ・スコレットだ」

私とリュスカもそれぞれ挨拶すると、デイジーはあわあわする。

「あ、わ、私なんかにそんなちゃんと挨拶してくれなくても……！　あ、も、もちろん知っています！　あの、私、一度アンジェリカ様には助けていただいたことがあって……」

「私が？」

やっぱり会ったことがあるらしい。しかも、何かしたようだ。

私が記憶を呼び覚ますより早く、デイジーが説明してくれた。

「十一年前なので覚えてないかもしれないんですけど……王太子殿下の友人を見つけるという名目のパーティーで、私がエミリーという名の伯爵令嬢にいじめられたとき、助けてくださいました」

「あ」

十一年前……と言ったら私が六歳のとき……。

私は思い出した。

「鉄道事業を行っていた子爵家の……!?」

「あ、そうです！　それです！」

私が思い出したことにデイジーはほっとしたように息を吐いた。

「その節はありがとうございました！」

「いいえ。私が気に入らなかっただけだから」

身分を笠に着て下の者をいじめるやり方は嫌いなのだ。

ちなみにオーガストはよくやる。そういうところも含めてあの馬鹿が嫌いなのだ。

「本当にアンジェリカ様はすごいです」

デイジーの尊敬のまなざしがくすぐったい。

「あれ？　でも校舎が……あなた伯爵家になったはずじゃ……」

私の記憶が正しければ、国を挙げての鉄道事業が評価されて子爵家から伯爵家になったはずだ。

私の疑問に、デイジーの顔が曇った。

「はい、一回伯爵家になったんですけど、その後父の事業が失敗して……男爵家に格下げになりました」

それはまあ……なんと気の毒な……。

「あ、その後事業は持ち直したので気にしないでください！　今は前より稼げてるんですよ！」

「そうなの？　それはよかったわ」

私は安堵の息を吐いた。よく見たら身なりはしっかりしているし、今生活にとても困っている、ということはなさそうだ。

「それで、えっと、ここでなら話を聞いても大丈夫かしら？」

私たちがデイジーを連れてきたのは伯爵家以上の上位貴族の校舎の温室だ。ここなら貸し切れるので、親衛隊が入ってくることもない。

「はい。ここなら大丈夫です」

よかった。しかし、ここでなら大丈夫となると、下位貴族に聞かれたくない話というわけだ。

一体何が起こっているのだろう。

「アンジェリカ様と王太子殿下が今どういう状況なのかは知っています。ベラをいじめた、いじめていないで問題になっていることも……そしておそらく今日こちらの校舎に来たのは、誰か証人か、協力者を得るためでしょう？」

私はデイジーの言葉に頷く。

「しかし残念ながらそれは難しいかもしれません……」

私もそれは気付いた。下位貴族の彼らに、こちらに協力する気が一切ないのだから。

「なぜ誰もこちらの話を聞くことすらしてくれないのかしら？」

「それはベラのせいです」

私の疑問にデイジーが答えてくれた。

「ベラは次々と男子生徒たちの心を奪い、意のままに操っているんです。彼女の都合のいいように行動するように……もちろん彼女ははっきりと命令はしません。でもただこう言うのです。『アンジェリカ様にいじめられた』と」

なるほど。それなら男子生徒のあの憎しみのこもった視線も納得できる。

「そう言えば、男子生徒は私の味方をすることはない。……とんだ女狐(めぎつね)ね」

「はい。なぜか男子生徒はベラを一目見たときから、好感を抱いてしまうようなのです。確かに可愛い子ではあるんですが……」

そう、確かに見た目はとても可愛いが、正直そんなに入れ込むほどかと聞かれると私も首を傾げてしまう。

「そして問題は男子生徒だけではないんです」

「女子生徒もよね？」

私は話しかけただけで怯えたように逃げてしまった女子生徒を思い出していた。

彼女の様子から考えるに、男子生徒のようにベラを崇拝しているわけではないだろう。しかし何かあるのは間違いない。

「そうです。先ほど説明したように、ベラは男子生徒を手玉に取っている……そして彼らにも婚約者がいるんです」

あ、話が見えてきた。

「基本的に貴族同士の婚約は、家同士の契約。婚約の破棄は難しい……そして女性のほうが爵位が下だったり、立場が弱い場合が多いんです」

「つまり、私の味方をして、婚約者に嫌われることを恐れている？」

「その通りです」

なんてこと……。

「男子生徒の説得はおそらく絶望的だとすると、女子生徒をなんとか説得するしかないわね」

男子生徒はもはや一種の洗脳状態だ。完全に恋の奴隷で、無理に何かしようとしたらこちらの身が危ない。

「説得なら、女の子だけが集まれる環境がいいんじゃないか？」

リュスカの提案に、私は目を瞬（しばた）いた。

「女の子だけが集まる？」

「うん。女子は好きだよね？」

リュスカがにこりと笑う。

「豪華なパーティー」

「本日はお越しくださいまして、ありがとうございます！」

私主催のパーティーに招待された令嬢たちは気まずそうな表情を隠しきれていない。

できれば来たくなかっただろうが、公爵家からのパーティーを断るわけにはいかないのだろう。

しぶしぶ来た様子の彼女たちは、早く帰りたくてたまらなそうだ。

でも残念ながらそんなにすぐに帰すわけにはいかない。

「今日こうしてパーティーを開いたのには訳があります」

時間を無駄にするつもりはない。

彼女たちはおそらく私が何をしたくて自分たちを呼んだのかわかるのだろう。顔色を悪くする。

「あなたたちの校舎で私を見たことがある人は？」

誰も手をあげない。

「じゃあ、あなたたちの校舎で私を見たと証言するように言われた人は？」

「！」

数人の少女たちが明らかに反応をした。

やっぱり……。

「言われたのね。それは婚約者に？　それともオーガストから？」

少女たちは震えて返事をしない。

私もいたずらに彼女たちを怖がらせたいのではない。ふう、と息を吐く。

「安心して。ここでの話は外に漏れないわ。むしろ話してもらえないと、私もあなたたちを救えないの」

怯えていた少女たちが、救う、という言葉に反応する。

「ベラという少女に入れ込んでいる男と結婚して本当にいいの？　結婚したら彼らが変わってくれるとでも？　絶対そんなことはないし、結婚後もベラを優先し続けるわよ、彼らは。そんなみじめ

な結婚生活を送りたい？」

少女たちも、婚約者が変わってくれるとは思えないのだろう。悲しそうに顔を俯かせる。

「……私に協力してくれたら、あなたたちが婚約破棄しても不利にならないように計らってあげることもできるわ」

「ほ、本当ですか⁉」

私の言葉に、一人が大きく反応した。

「ええ。はっきりした不貞行為がないとしても、婚約者より赤の他人の少女を優先しているとなったら、それを理由につっけるわ。その後押しに我が公爵家の名前を使えば、相手は怯んでくれるはずよ」

暗かった彼女たちの表情が明るくなる。

「わ、私ずっと婚約破棄したかったんです！」

「わたしも！」

「あのベラという子を優先してこちらにはひどいことばかり言う男なんて絶対嫌っ！」

彼女たちも溜まりに溜まっていたのだろう。相手の家に強く出られないし、どこかで話が漏れたら面倒だから愚痴も我慢しなければいけない。

ただただ我慢し、そしてしたくもない結婚について考え憂鬱（ゆううつ）になる日々だったのだろう。

「みんな頑張ってきたのね」

「アンジェリカ様……」

少女たちの瞳が潤む。

「私、全部お話しします！　私にアンジェリカ様を見たと証言するように指示をしたのは婚約者ですが、実際に指示をしたのはベラです！　涙ながらに『あたしが悪いってことにされちゃう……』って甘えてお願いしたらしいです！　そんなあからさまな女に騙されるなんて情けない男ですよまったく！」

「うちも同じです！　『ベラさんが悲しんでいるから協力しろ！』って！　嫌だと言ったら親に伝えると……こちらの家のほうが家格が下だからって馬鹿にして！」

「私も私も！　よくベラさんベラさん婚約者の前で言えるわねって感じよ！　こっちのほうが立場が上だったらボコボコにしてやるのに！」

みんな大変だったんだなぁ……。

「教えてくれてありがとう。あなたたちが悪いようにならないようにするから安心してね。もしよければ彼らとやり合うときに、あなたたちが証言してくれると助かるのだけど……」

チラリ、と彼女たちに視線を向けながら言うと、彼女たちは熱に浮かされたような表情でこちらを見た。

「任せてください！　真実を明らかにしてやりましょう！」

「アンジェリカ様を疑っている人間なんて、はっきり言ってあの馬鹿どもだけです！　公爵家の方が私たちの校舎に来たら目立つのに、あんなコソコソしたいじめできるはずないですもの！」

彼女たちは私のことを信用してくれたようで、自分のことのように怒ってくれるのがありがたい。

「ありがとうみんな。とても嬉しいわ。そのときになったらぜひよろしくね」

「はい！」

みんなの、ここに来たときのどんよりした表情とは打って変わって生き生きした表情に、私も彼女たちのために頑張ろうと思った。

「うまくいったね」

給仕姿のリュスカがニコニコ顔で私に話しかけてくる。

「はい、おかげさまで。……ところでいつまでその恰好をしているの……？」

もうパーティーの招待客もみんな帰った。

実はずっと給仕係に変装して様子を見てくれていたリュスカは、楽しそうに笑っている。

「みんな我慢して大変そうだったね」

「仕方ないわ。相手の身分が高かったり、実家を支援してもらっているほうは、婚約者に思うところがあってもどうしても我慢してしまうものだもの」

私も我慢し続けてきたから彼女たちの気持ちがよくわかる。

「彼女たちのためにも、絶対婚約破棄させてあげないと！」

私は気合を入れる。

彼女たちがあんなに嫌だと言っているのだ。絶対彼女たちが不利にならないように婚約破棄させなければ。

「そのためにも、あのベラっていう女の子を少し観察しないか？」

「え？」

「まず敵を知らないといけないし」

確かに……。

リュスカが言うこともっともだ。私はまだ彼女について何も知らない。知っているのは男を手玉に取る悪女で行動にイラっとするということぐらいだ。

「そうね……でも周りの親衛隊が邪魔で観察なんてできるかしら」

あの絶対彼女を守るマンたちに見つからないように彼女を観察できるだろうか。

というかなんなのあの面倒な男たち。

あの行動のおかげで婚約者にも愛想を尽かされたことわかっているのかしら？

前まで下位貴族の男子は私を睨み付けたりしなかった。

私は公爵家の娘で、次期王太子妃だから当然と言えば当然だ。

しかし、先日校舎に行ったときはまったく違った。今まであんなことなかったのに。

私自身は身分を笠に着ることはしたくないし、あれぐらいの態度はどうってことないけれど、私じゃない相手だったら確実に自分の首を絞める行為だ。貴族は基本的にプライドが高いのだから、自分より身分が下の者に睨まれただけで相手を攻撃する人間だっている。

そして本来は彼らもそれを理解し弁えていたはずだ。

それが、自分自身の地位も何もかも見えなくなるほどだとは。

恋怖い。したことないけど、それが幸せなのだろうか……。

「何か変なこと考えてる？」

「え!?」

顔に出ていただろうか。

「恋は怖いことじゃないよ」

出ていたらしい。私は恥ずかしさから、一つ咳をする。

「でも彼らは正常には見えなかったけど」

「あれはちょっと頭のねじが飛んでるんだよ」

なかなか失礼なことを言う。

「でも、俺から見ると飛ぶ原因になるほど彼女は魅力的じゃないし、何かある気がするんだ」

「何かって？」

「それを探るために観察するんじゃないか」

確かにそうだ。

「そうね。まず彼女のこと知らないと……でも私がそのまま行ったらベラを観察する前に男子生徒に邪魔されちゃうわ」

どうしよう。今日校舎に行くだけで男子生徒には睨まれたし、彼女のそばにこちらから行こうものなら大変なことになりそうな気がする。

やっぱりいじめに来たとか濡れ衣を着せられそうな気がする。

「それなら大丈夫」

「え？」

リュスカは笑顔で私にある物を手渡した。

◇◇◇

お茶会から数日後。

誰もいなくなった放課後の教室で、私はリュスカとともにいた。

「これ、本当に大丈夫……？」

私は不安でリュスカを見る。

たい。

今の私はいつもの金の髪を隠し、茶色のカツラを被っていた。瞳の色も、リュスカからもらったカラーコンタクトとかいうもので茶色に。目にコンタクトを入れるのすごく怖かった。今すぐ外したい。

そして、さらに眼鏡をかければ変装の完成だ。

「人間髪色とか変わるだけで印象が全然違うからね。すぐには気付かれないよ」

そう言うリュスカも変装している。赤毛のカツラを被り、私と同じ茶色いカラーコンタクトを入れている。このカラーコンタクトはスコレット公国ではファッションとして人気なのだとか。

この国ではあまり人気出ないでほしいな……入れるの苦手……。

私たちは今、下位貴族の校舎に潜り込んでいる。

足を踏み入れるときドキドキしたけれど、この間と違い、男子生徒に睨まれることはなかった。

どうも私と気付いていないようだ。

顔自体に何かしているわけじゃないのに、たったこれだけの変装で意外と誤魔化せるのか……。

人間って不思議、と思うけど、私もこの人はこの髪色でこの瞳の色だと認識している人が、いきなり違う色で現れたらビックリするし、一瞬わからないかもしれない。

何はともあれ、変装のおかげで無事に校舎に侵入できた。

あとはベラを探すだけ――。

と思ったけど、彼女は男子生徒の人気者。

探すまでもなくすぐに見つかった。中庭で男子生徒たちに囲まれているベラ。その隣にはオーガストもいる。

というかいいのそれ？　自分の意中の相手が、自分以外にも男侍らすのって嫌じゃない？

私は自分の恋人がそんなことしたら即別れを切り出すわよ。

「男に囲まれてご満悦だね」

「そうみたい……」

私の目から見ても彼女は作り笑いではなく、心の底から楽しそうにしている。

「話が聞こえるように、もう少しだけ近くに寄ろうか」

リュスカに言われてそっと近付く。

「――ベラ、君はまるで花の妖精のようだ」

「やだオーガスト様ったら」

聞かなきゃよかった。

私はもうすぐ元婚約者になるだろう男の甘い言葉を聞いて鳥肌が立った。

ただでさえ嫌いなのに、こうして会う度にさらに嫌いになっていく。

婚約破棄できそうでよかった本当に。結婚してたらうっかり抹殺していたかもしれない。

「ベラさんは本当に可憐で花のようです」

「どこもかしこも愛らしい」

「この世にあなたのような女性は他にいません」

他の男たちもこれ幸いとばかりにベラを褒める。彼女はその度に嬉しそうに笑う。

「すっっっごいイラっとするんだけど、この気持ちわかる？　リュスカ」

「ああ……俺はイラッとよりゾワッとするな」

この感覚の違いは男と女の違いなんだろうか。

今まで周りにあまりいなかったけど、ぶりっ子って見ているだけですごく腹が立つ。

こうして見ているだけでわかる。私あの子と一生気が合わない。

「ちょっと！」

そのキャッキャウフフ空間に入り込む勇敢な存在がいた。

「あれは……！」

この間お茶会に来たご令嬢たちのうち、特に不満を言っていた三人だった。とりあえずAさん、Bさん、Cさんとしよう。ごめんね名前覚えられてなくて！

女子生徒三人は強気の姿勢でそのままそこに仁王立ちする。

「おい、ベラさんと過ごしているときに話しかけるなって言っただろう！」

「そうだ。空気の読めない女め」

「ベラさんとは大違いだ」

おそらく彼女たちの婚約者だろう三人の男子生徒の発言に、彼女たちの額に青筋が浮かぶ。

「安心して。もう話しかけないから」

そう言いながらAさんが出したのは、ある紙だ。

そう、私たち貴族にとってはとても重要な——婚約破棄通知書。

「なっ！」

男子生徒が驚きの声を上げる。

「こ、公正証書の偽造は犯罪で……！」

「本物だから犯罪じゃないわ。今朝うちに届いたの。今頃あなたの家にも届いていると思うわ」

「何っ⁉」

男子生徒がプルプル震える。

「勝手なことしやがって！」

「勝手なことしたのは誰よ。元気に浮気する男なんて願い下げよ。もちろんあんた有責だから。私はもう次の婚約者がありがたいことに決まったからいいけど、傷のついたあんたに嫁ぎたい女なんて、今後現れるかしらね？」

Aさんが馬鹿にしたように笑って男子生徒——便宜上Aくんにしよう——を見た。

「嘘つくな！　こ、婚約破棄なんて……家格が下のお前の家からできるはずないだろう！」

「そう思って今まで散々な扱いしてきてくれたわね。ありがたいことに、私たちに味方してくれる方がいたの。おかげでこんなに簡単に婚約破棄できたし、誠実な婚約者もゲットできたわ」

Ａさんの言葉に何も言い返せないＡくん。

「こうしてフラフラしていないで、きちんと授業に出て、家に帰ったら？　その女にかまけて家にも帰っていないんでしょう？　あんたを跡取りから外す話も出ているらしいわよ」

「なんだよそれ！　初耳だぞ！」

「あんたが家にも帰らずプラプラしているんだから仕方ないんじゃない？」

家にも碌に帰らないのか……。

思った以上に男子生徒たちのベラへの入れ込み具合はすごいのかもしれない。

「わたくしも念願の婚約破棄です」

Ｂさんが婚約者らしき男――Ｂくんとしよう――に婚約破棄通知書を見せる。

「これでもうあなたの顔色を窺う必要がないと思うと清々します」

「う、嘘だろう……？　俺たちうまくいってたよな？」

「そう思っていたのはあなただけですね。口を開けば『ベラさんのようになれ』『ベラさんに比べてみすぼらしい』『お前で妥協するんだありがたく思え』……あなたのことが嫌いで嫌いで仕方ありませんでした。あなたのほうこそもっと紳士になれなかったんですか？　あ、なれないですよね。失礼しました」

Bくんはショックを受けたようで、その場に崩れ落ちた。人に厳しいこと言う人って大体自分自身は打たれ弱いのだ。

Bさんの淡々と畳み掛ける手法、嫌いじゃない。

「うちも無事婚約破棄よ」

そう宣言するのはCさん。

「い、家の借金は……？」

「あなたの今までのことを口外しない代わりに、あなたの実家に支払ってもらいました。なので私があなたについて何か言うのは今日が最後です」

Cさんは静かな声音で言った。

「クソ野郎」

そうして去って行った。

Cさんは声を張り上げない分、本気さが窺えた。多く語らなかったが、その分よくわかる。婚約者のCくんは相当なクソ野郎だったんだろう。

AさんBさんも、Cさんを追うようにしてその場を去った。

残されたのはABCくんと、ベラとその取り巻き。

「何がどうなってるんだ？」

何がどうなってるも何も、自業自得である。

しかしAくんは本気でわからないらしい。Aさん、婚約破棄できてよかったね！

私の力添えはうまくいったようだ。婚約破棄できるように手助けできて本当によかった。

「お、俺ちょっと早退します……」

「俺も……」

「僕も……」

ABCくんは意気消沈したまま、輪から抜けた。

「あ、待って……！」

ベラが慌てて引き留めるが、三人は首を横に振る。

「ごめんなさい。もうこの中にいる気にはなれなくて」

「なんだろう、夢から覚めた気分……」

「俺何してたんだろう……」

彼らはしょんぼりしながら離れて行った。

「彼らどうなるのかしら……」

「最悪勘当だな」

あの若さで婚約破棄や勘当は可哀想だが、自業自得だ。婚約者を大事にしないで別の女に現を抜かしているのが悪い。

でもあの一気にベラへの関心を失くした様子は少し気になる。あんなに恋は盲目状態だったのに……。

てっきり「あんな女と婚約破棄できて清々しますよ！」ぐらい言うかと思った。

三人が去った後のベラを見ると……真顔だった。

「ひっ」

少し前の表情とのあまりの違いに悲鳴を上げる。

さっきまでニコニコご機嫌だったじゃない！　たった三人抜けただけでそんな表情になる⁉

ベラが親指の爪を嚙む。

「あいつのせいだ……絶対そう……アンジェリカ……」

ブツブツしゃべっていて聞こえづらいが、今確かに私の名前を言った。

バレてる。私が仕掛けているのがバレてる。

でも先に喧嘩売ったのはそちらなんですけど⁉

「あたしにはちやほやされる権利があるのに……絶対許さない」

ちやほやされる権利って何⁉

わからないけど、彼女は相当お怒りのようだ。

「今見つかるとまずいな。戻ろう」

「そ、そうね……」

今見つかったら恐ろしいことになる予感しかしない。そもそもなんであの様子のベラに男たちは気付かないのだろう。

私は慌ててその場を去ろうとしたが、タイミングの悪いことに木の枝を踏んでしまった。

パキッという音に、ベラが反応する。

「誰⁉」

ま、まずい！

あわあわしていると、リュスカが私を抱きしめて陰になろうとしてくれる。

「ちょ、リュスカ近い近い！」

「我慢してアンジェリカ！」

そうは言っても男性に抱きしめられる経験なんてないのよ私！　リュスカに聞こえるのじゃないかと思うほど心臓が激しく動く。

あああああ、リュスカいい匂いする！

頭がパニック状態になっていると、ガサッという音がした。ベラがこちらに向かっているのが見えた。

そうよ、今はベラから見つからないことを考えないと……！

だけど他に逃げ場はない。でもベラはどんどん近付いてくる。バレる！　私がいることがバレちゃう！

私がぎゅっと目を瞑ったとき――。

「にゃー」

近くの木陰で猫の声がした。

「……なんだ、猫か」

ベラが腹立たし気な声を出した。

「気分が悪くなったから、あたし別の場所に行くわ」

ベラは男たちを気にせずスタスタ歩いていく。

「あ、待ってくれベラ！」

慌ててオーガストとその一味がベラを追いかけていく。

てっきり愛らしい性格にみんな惚れ込んだのかと思ったが、先ほどの態度の急変を見てもみんなついていくところを見ると、ただぶりっ子している女に惚れているのではないのかもしれない。

みんな機嫌の悪い彼女に引いている様子もなかった。おそらくあの態度を今日初めて見た、というわけではないのだろう。

「あ、あのアンジェリカ」

「……？　はい？」

「姿勢が……」

ハッ！

気付けば私がリュスカに縋る姿勢になっていた。

「ご、ごめんなさい！」

「い、いや、いいんだ……」

私の顔もきっと赤くなっているが、リュスカの顔も赤い。

はしたないことをしてしまった……恥ずかしい……。

「きょ、今日はもう帰ろうか」

「そ、そうね……」

私とリュスカはぎこちないまま、荷物を取りに元の校舎に戻った。

◇◇◇

「バレずに済んでよかった」

あの後、急いで馬車に乗り込み無事に自室に辿り着いた私は、カツラとカラーコンタクトを取る。

カラーコンタクトは入れるのも緊張したけど取るのも緊張した……だって目に向かって指を入れるのだ。直接目を触るのではなくレンズを取るだけだということがわかっていても怖い。これは慣れる気がしない。

「今後は私がお入れしましょうか？」

「いや、人からされるのもそれはそれで怖いから……」

アンの申し出を断る。自分でも怖いのに他人の手で目に入れるなどもっと無理だ。

私はソファーに座ると深く息を吐いた。

ただ観察しただけなのにとても疲れた。

「それにしても……」

男に甘えるように笑みを振りまいていた彼女の急激な変化を思い出す。

「やっぱり二面性のある人みたいね」

ただの可愛らしい男たらしではない。もともとそんな女性は王太子妃の座を奪おうとはしてこないだろう。

それに私がしたといういじめに関しても杜撰すぎるのが気になる。

まるで自分がどんな主張をしようとも通ることをわかっていたかのような――。

私は机に置いた書類を手にする。

使用人に命じて集めさせたベラについての情報だ。

男爵令嬢で、両親と三人暮らし。そこまで裕福ではない家庭で育っているが、親からの愛情は一身に受けていたようだ。

学園に入るまでは目立った行動はなかった。彼女が男を侍らすようになったのは学園に入ってからだ。

それも初めからではなく、徐々に徐々に取り巻きを増やしていった。気付いたら下位貴族の男子生徒はもちろん、上位貴族の一部の男子生徒も彼女を持ち上げるようになった。

私はあの断罪事件があるまで彼女について知らなかったけれど、学園内で彼女について知らない人間のほうが少ないようだ。

それだけ男子生徒からしたら高嶺(たかね)の花、女子生徒からしたら目の上のたんこぶのような存在らしい。

ちなみに女子生徒のみだとベラの態度は一気に変わるらしい。だから女子生徒からは性格が悪いと有名だったようだ。

女に嫌われて男に好かれる典型的な女性だ。

「これだけじゃわからないことも多いわね」

もう少し情報を集めたい。

女子生徒が証言してくれるとしても、それだけでは弱い。

私の無罪の証明はできるかもしれないが、できればオーガストたちが全面的に悪かったという流れに持っていきたい。

オーガストに「僕も悪かったがお前も悪い」なんて言われて実際その主張が通ってしまったらと思うと腸が煮えくり返る。

絶対オーガストをぼろ負けさせてやる！

「もっと何か……徹底的に追い詰められるカードが欲しいわね」

リュスカに協力してもらえばまた何か進展するかしら。

今日だって――。

私はリュスカに抱き着いてしまったことを思い出した。

「な、なしなし！　今のなし！」

私はその場で手をパタパタさせ、自分の脳内に浮かんだ映像を消そうとする。

実際手でそんなことしても意味はないとわかっているが、気分だ気分。

「それにしても、恥ずかしいことをしてしまったわ……明日きちんと謝らないと……」

じゃないと痴女だと思われてしまうかもしれない。

私は決してそんなのではない！　決して！

ちょっと、「あ、筋肉あるな」とか思ったけど、決して！

「……」

自分で言い訳するのって虚しいわね。

「お風呂に入ってもう寝よう……」

明日のことはまた明日考えたらいいや。

トボトボ浴室に向かう私を見て、アンが「思春期ですね」と呟いていたことなど気付かずに、私は一人悶々としながら廊下を歩くのだった。

◇◇◇

「ひどいです！　アンジェリカ様！」

暇なのかな……。

またしても泣きながら私を詰（なじ）るベラ。

この子、私に対してひどいしか言えないのかしら。

ちなみにここは校門である。登校している全校生徒がもちろん見ている。目立つ。すごく目立つ。

そして案の定オーガストはベラの後ろに控えている。なんだお前は。従者か。

「なんのこと？」

「とぼけないでください！」

キッとベラが私を睨み付ける。

「あたしが気に入らないから、あたしの友達に意地悪したでしょう！」

いやあなたのことはもちろん気に入らないけど、そもそもあなたの友達を知らない。

「友達って誰？」

「ジョンとベンとマックスです！」

いや本当に誰。

まったく聞き覚えのない名前に首を傾げる。

「残念だけど知らないわね」

「あなたが追い込んだのに！　ひどい！」

「いやひどいって言われても……本当に知らないんだけど」

ベラが私を再び睨み付ける。

「あれを見てもまだそう言うんですか！」

そう言われてベラが指差したほうを見てみると、そこにはAさんにまとわりつくAくんがいた。

「ちょっと！　もうあんたとは何の関係もないんだから離れてよ！」

「そんなこと言わずに！　な！　もう一度チャンスをくれよ！」

「もう婚約者決まったんだったら！」

「そんな！」

Aさんに冷たくあしらわれ、その場で蹲るAくん。

「ほら！」

何がほらなのかさっぱりわからない。

「え、ええっと……あれが何？」

「何って……アンジェリカ様が裏で手を回したのは知っているんです！　どうしてそんなことできるんですか！」

どうしたもこうしたもないんだけど。

「あのね……まず大前提として、私のせいで彼らが婚約破棄されたというのは勘違いよ」

「そんなことありません！　だって家格が下の人間が婚約破棄を申し出るなんてできるはずないもの！　ずっと言う通りにするしかなかったはずなのに！」

「……あなた、それは失礼よ」

私はベラを睨み付けた。

「家格が下だから言いたいことも言えずに我慢しろと？　じゃああなたも私にこうして文句を言うことは我慢しないとね。家格が下だもの」

ベラがみるみる瞳を潤ませる。

「ひ、ひどい……」

「おい！　ベラを泣かせるな！」

ヒーローを気取っているオーガストがベラを守るように彼女の前に立つ。

「私は本当のことを言っただけですけど？　それに、今の言い方だと、彼らの婚約者が不満を抱えていたこと、あなた知ってたのね？　それでもあのまま逆ハーレムを築いていたわけ？」

「ぎ、逆ハーレムなんかじゃない！　みんなあたしのお友達だもの！」

「頭お花畑なの？」

私の言葉に彼女はビクリと身体を震わせる。

その反応と表情は、私の言ったことを肯定しているようなものだ。

「お友達だろうがなんだろうが、相手に婚約者がいる以上、節度を持って接するべきだわ。……逆に聞くけど、百歩譲ってもあり得ないけど、私がオーガストと腕を組んで歩いていたり、抱き合ったりしていても、あなた平気なの？」

「僕がお前とそんなことするわけないだろう！」

「私だってお断りよ。想像力を働かせろと言っているの」

彼女は機嫌を損ねたようで、私に鋭い視線を向けてくる。

「なんであれ、彼らは自業自得よ。婚約破棄できて女の子たちはずいぶん喜んでいたわ。……人を不幸にしておいて、誰かのせいになんてしないことね」

ベラはきゅっと唇を噛み締める。

「わかりました。もういいです……」

「そう、じゃあ──」

「あんたに絶対地獄見させてやるから」

私にしか聞こえないような声で囁きながら、彼女は私の横を通り過ぎて行った。

呆然とその姿を見送る。

「こっっっっわ……」

二面性どころじゃない。二重人格なのでは？

女子には態度が違うというけど、もしかしてあれがそう……？

「必要なとき以外関わらないでおこう……」

私はそう決意した。

「もおー！　しつこいんですよ、あいつら！」

プンプン怒っているのは、Aさんことアビーである。

「本当に。もう婚約破棄は済んでいるからどうしようもないというのに」

そう言うのはBさんことベティだ。

「私の家まで押しかけて、一晩中外にいられるのは参りましたよ。人のいい両親が中に入れようとするのを止めるのにどれだけ労力が必要だったか……」

ふう、とため息を吐くのはCさんことケイシーだ。

「み、皆さん大変だったんですね……」

デイジーが顔を引き攣らせている。

放課後、私はデイジーに誘われて、彼女の家にお茶を飲みに来ていた。

そこにこの三人もいたのだ。

「でも不思議ですね。それまでは『婚約破棄してベラに尽くす！』みたいなことばかり言っていたのに」

デイジーの言葉に、三人が頷く。アビーが顔を歪めた。

「そうなんですよ。あれだけ『お前なんかどうでもいい』って言っていたのに、婚約破棄された途端に縋りついてくるなんて情けない」

「噂が回りまわって、新しい婚約者ができそうにないからじゃない？」

ああ……。

ケイシーの言葉に、みんな納得した。

あれだけ婚約者をないがしろにして他の女に現を抜かしていたら、新しい婚約者などできないに決まっている。相当切羽詰まっていたり、なんらかの事情がなければ、誰もそんな相手に娘をやろうとは思わない。

「私たち以外にも、あの逆ハーレムの中にいた男の婚約者だった子たち、無事に婚約破棄できたみたいですよ」

「まあ、それはよかったわね！」

ベティの言葉に私は手を打ち鳴らした。

婚約破棄の後押しはしたが、結局のところ、決定権は親にある。

みんながこの短期間に行動したということは、親からしても我慢しきれないものがあったのだろう。

「でも、男子たちはみんな、今日のベンのように元婚約者に縋りついているらしいですよ」

「ベン？」

「あ、私の婚約者です！」

首を傾げた私にアビーが教えてくれる。Aくんはベンというらしい。

「みんな鬼気迫る感じで、『違うんだ！』って言ってるらしいです」

「違う？」

アビーが頷く。

「ベンが言うには『まるで何かに取り憑かれたようだった』って……なぜかベラを見たら目が逸らせなくて、自分の意識もあまりない感じで、ただただ彼女に尽くす人形のようになっていたと……」

人形……。

私はベラを崇拝する取り巻きたちを思い出していた。

みんながみんな、異様な熱気でベラに尽くし……いやあれはもう信仰と言っていいだろう。

まるで女神のように崇めていた。

「そういえば、今日ベラの取り巻きがいなかったわね」

金魚のフンのようにぞろぞろ引き連れていたのに、今日はオーガストだけだった。

「みんな婚約破棄されて、そんなことしている余裕がないんじゃないですか？」

なるほど。確かにそうかもしれない。

だからベラは私に当たり散らしに来たのだろう。

常に一番でないと気に入らない気性の彼女だ。今まで自分にメロメロだった取り巻きが、婚約者だった少女にヘコヘコしているのはさぞ気に障ったのだろう。

でもその文句はその取り巻きたちに言いなさいよね！

私が彼らにそうしろって言ったんじゃないんだから、まったく！

「憑き物が取れたような人たちもいて、自分が今まで何をしていたか覚えてない人もいるらしいです」

「え？」

それはどういうこと？

「気付いたら彼女の取り巻きになっていたけど、なんでなっていたかもわからないって。そんな嘘ありますか？」

「そう……ね……」

婚約者の気持ちを取り戻すための嘘の可能性もある。だけど……。

「あの、アビー」

だけど、もし本当だったら？

「はい」

「お願いがあるんだけど」

◇◇◇

「え、えっと……俺に話って……？」

別の日。

私はアビーにお願いして、彼女の元婚約者、Ａくんことベンを呼び出した。

「そんなに緊張しないで」

とは言ったものの、難しいだろう。

いきなり公爵邸に呼ばれた上に、私の隣には――。

私はちらりと隣を見た。

「大丈夫。俺のことは気にしないで」

気になる。とても。

「想い人を男と二人きりにはできない」と言ってついてきたリュスカは、大丈夫と言いながら彼を静かに威嚇(いかく)している。

「あの……ちょっと聞きたいことがあるだけだから、そんなに警戒しないで」

「は、はいっ」

ガチガチに緊張しているベンに、まあ仕方ないか、とそれ以上言うのはやめて質問に入ることにした。

「あなた、どうしてベラの取り巻きなんてしていたの？」

「どうしてって……」

「だって今のあなた、まるで別人のようだもの」

彼は私の指摘にびくりとする。その反応からも、あの頃と違うことが窺える。今こうしてびくびくしている少年が、なぜあのときはあんなに私に敵意をむき出しにしてきたのか。

「それが……」

「それが？」

「それが……俺にもよくわからないんです」

「わからない？」

彼はポツリポツリと話し出した。

「ベラさんを見たとき、確かに可愛いな、とは思ったんです。でもそれだけだった。なのに、彼女の瞳をしっかり見たときから、頭がまるで靄にかかったようになって……」

ベンは頭をガシガシ掻く。

「それで、なぜか彼女に尽くさなければいけない。彼女に愛情を捧げないといけないような気持ちになって……そこからは皆さんが知っている通りです……」

ベンが居心地悪そうに身体を揺する。

「なぜ急に元に戻ったの？」

「それは……正直俺にもわかりません……だけどアビーに婚約破棄をしたと告げられたとき、頭が真っ白になって……気が付けば今まで自分は何をしていたのかと不思議なぐらい正常に戻ってました」

「今はもうベラさんに想いはないの？」

「はい。はっきり言うと、初めからベラさんに恋してなどいなかったんです。ただ可愛いなと思っただけで……本当になんでこんなことになったのかわからないんです……」

ベンが頭を抱える。

「アビーとの仲は良好だったんです。彼女と添い遂げるものだと思って生きてきたのに……」

ベンが泣きそうな表情をする。

「あの、なんとかアビーとの仲を取り持ってもらえませんか？」

「……一応あなたの気持ちは伝えてあげるけど、もう婚約者がいる以上、私からどうしろとは言えないわ」

「そう……ですよね……」

ベンは力なく笑った。

帰るベンを見送りながら、私は考えていた。

「彼女に恋したわけではないのに、なぜかそうした状態になっていた？　そんなことありえる？」

言い訳では？　と思ってしまうが、ベンの表情はとても嘘を吐いているようには見えなかった。

でも、人間がそんな状態になることがありえるのか？

「まるで催眠術だな」

「催眠術？」

リュスカの言葉に反応する。

催眠術……催眠術か……。

「確かにありえない話ではないわね」

「一目見て本気で惚れたというよりは信憑性があると思うね」

私はリュスカを見た。

「それあなたが言う……？」

「え？　俺は違うよ。俺はちゃんとアンジェリカのそのさっぱりしてはっきり言い切る性格に惚れたのであって、一目惚れでは……」

「はいはい」

「アンジェリカ？　聞いてる？」

リュスカが「いや見た目ももちろんタイプだけど」と色々言い訳しているのを聞きながら考える。

もし、ベラがなんらかの方法で男性を操っているのだとしたら由々しき事態だ。

オーガストと婚約破棄さえできればいいと考えていたけれど、そうなると話が変わってくる。

オーガストは王太子。このまま私が婚約破棄をしてベラとオーガストが結ばれると、ベラは王太子妃になる。

しかし、そのベラが男性を自分の意のままに操れるとしたら、彼女を王太子妃にするわけにはいかない。

オーガストを中心とした国の重鎮はみんな男性なのだ。

もしベラが彼らを使って何かしようと考えたら……国が荒れる。

「はあ……」

私は深くため息を吐いた。

「婚約破棄できてラッキーだと思ったのに……」

そうは問屋が卸さないらしい。

この国には両親も弟もいて、デイジーやアビーたちもいる。放っておくことはできない。

「仕方ない……」

真偽のほどは定かではないけど、一肌脱ぎますか。

「絶対嫌です」

アビーがはっきり言い切った。

一応ベンのことを伝えたのだが、大きなお世話だったらしい。

「ごめんね。もともと仲は悪くなかったと聞いたから、一応と思って」

「仲は悪くなかったですよ。私だってこの人と添い遂げようと思っていました」

でも、とアビーは続ける。

「たとえ一時変な状態になっていたとしても、他に好きな女ができたらきっとああいう対応してくるんだな、と思ったら、もう結婚する気になりませんよ。実際見てるし……ひどい言葉投げかけられたりしているんですから」

アビーが正論過ぎる。

確かに、他に本命ができたときにあんな対応されるとわかっていたら結婚なんて不安すぎる。

「その通りね。余計なことを言ってごめんなさい」

「いえいえ！　どうせあの馬鹿がお願いしてきたんでしょう？　アンジェリカ様も大変ですね……」

なぜか労われた。

ベンが離れたところからじっとこちらの様子を見ていることに気付いたので、手でバツを作ると、しょんぼりした様子でどこかに行った。

可哀想だけど、自分で蒔いた種でもあるのでなんとか持ち直してもらうしかない。

「それに、ベラを見た男子全員がああなったわけじゃないんですよ」

「え？」

それは初耳だ。

「ベラを見ても普通の態度の男子もいるんです。もうそれだけで私たちの中では株が上がりまくりですよ」

「その人に会える？」

「というか、すでに会っているじゃないですか」

「え？」

「リュスカ様ですよ」

会っている？　誰？

あ……忘れてた。

◇◇◇

「え？　初めてベラを見たとき？」

リュスカは私の質問にうーんと考える。

ここは私たちの校舎の温室だ。リュスカとじっくり話をするにはここがいいと思った。家に呼ぶと父が大喜びで縁談を組もうとするからだ。

まだ婚約破棄もできてないのに、あのせっかち親父め。

「なんとも思わなかったな。そもそも嫌いなタイプの女性だ」

「嫌いなタイプ……」

「自分の足で立たず、男に甘えてちやほやされることを生きがいとしているタイプ。ああいう女性はごめんだね」

確かにベラはそういうタイプだ。さらに自分よりちやほやされる女性が許せず、常に自分が一番でないと満足できない面倒なタイプ。

「でも男性は一般的に、男性の一歩後ろを歩くような、守りたい女性が好きなんじゃ……？」

「そんなことないよ。人それぞれだ。誰が君にそんなことを言ったんだ？」

「誰って……」

オーガストだ。

オーガストは私が気に入らないようで、私が彼を窘めたりすると、いつも「お前は僕を立てない。女だと思えない」と私を否定し続けた。

だから、私には女性としての魅力はないんだと、なくても国を担う者として立派になろうと思って……。

そこまで考えてハッとする。

私、無意識に男性はそういう女性が好きだと思い込まされていたんだわ！

「私、なんて愚かなの」

「アンジェリカ？」

思わずクスクス笑ってしまう。

気にしていないと思っていたのに、あんな男の言葉を気にし続けていただなんて。

でも……。

私はリュスカを見た。

男より出しゃばっても、愛らしさがなくても、それでいいと言ってくれる人が私にはいる。

「私、このままでいいんだわ」

私の言葉にリュスカが首を傾げる。

リュスカはわかっていないが、私は彼の存在に、今確かに救われた。

「えっと、で、ベラがなんらかの方法で男たちの好意が自分に向くようにしていると？」
「その可能性が高いと思うの」

私は紅茶を飲みながら説明する。ちょっと興奮していたが落ち着いていた。

温室は飲食自由だ。そして貸し切りもできるため、今は私がここを貸し切らせてもらっている。

つまり、リュスカとゆっくり話ができるということだ。

「確かに彼らの様子はおかしいもんな。ベラの擁護しかしないし、それだってどれだけ矛盾があってもベラに間違いはないと思い込んでいるような感じだし」

「そう！　そうなのよ！」

私はリュスカの言葉に激しく頷いた。

「恋をしている、の一言で片づけられるものではない気がするの。あれはもはや信者だわ。盲目的に彼女に付き従う信者」

「言い得て妙だな」

リュスカが笑う。

「でも、信者も絶対じゃない……彼女への恋情が消えるときがある」

「消えるとき？」

「大きなショックを受けたときよ」

私はベンを思い出していた。

「ベンは婚約破棄を言い渡されて、そのショックで正気に戻ったわ。他の男子生徒も、大体婚約破棄された後に元に戻ってる。きっと婚約破棄されたことが衝撃だったからでしょう……しかも、その後、彼女に近付くことはないのよ」

ただ婚約破棄されたくなくて一時的にそう取り繕っているのではと考えたこともあるけれど、ベンはもう明らかにベラに興味はなさそう、というより、むしろ何か恐怖を抱いているのか、そばにも寄らなくなった。

他の男子生徒も似たり寄ったりの反応で、とても彼女に恋情が残っているとは思えない。

本当にあんなに彼女にまとわりついていた人間か？　と疑わしくなるほどだ。

本人たちはベラにべったり引っ付いていたことこそ、自分でも信じられないようだけれど。

「じゃあ今ベラにくっついている連中も、何かショックを与えると元に戻るということか？」

「おそらくは」

「なら簡単じゃないか」

何が？　と訊ねる前にリュスカが口を開く。

「王太子を正気に戻させてやろうじゃないか」

第三章　第一王子

お馬鹿王太子は今日もベラとキャッキャウフフしている。

「思うんだが、あいつらきちんと授業に出ているのか？」

「さあ……オーガストに興味なかったから知らないわね……」

どうせ馬鹿だから、授業に出ようが何しようが変わらないかなと思っていたし。

「いつもこの下位貴族の校舎にいるしな」

「本当ね。暇なんでしょうね」

そのイチャイチャする時間を少しでも国のための時間にしてほしい。

やはりオーガストは王太子に向いていない。王太子は彼のほうが……。

「ここであのバカップル見ているのも苦痛だから、早めに済ませるか」

「ええ……見ているだけで疲れるものね」

ベラに花冠を作って楽しそうなオーガスト。幸せそうで何より。

私たちはオーガストたちの前に立ちふさがった。

「な、なんだお前たち！」

よく私たちの前に急に現れるのに、いざ自分がされると弱いらしい。

オーガストは少し動揺を見せながら、ベラの前に移動した。惚れた女を守ろうとするその行動だけは称賛してあげてもいい。

「オーガスト、あなた……」

私はあえて一息置いてから言った。

「王太子ではなくなるわよ！」

精一杯声を張り上げると思いのほか響いてエコーがかかる。

オーガストはその響きが終わっても、しばらく呆然としていた。

「は？　僕が王太子じゃ、なくなる？」

ようやく再起動したオーガストが苦笑する。

「何馬鹿なこと言ってるんだ。僕が王太子じゃなくなったら、誰が王太子になるって言うんだよ」

「いるじゃない、一人だけ。第一王子殿下が」

オーガストは第二王子。第一王子殿下はつまりオーガストの兄だ。

正妻の子ではなく、身分の低い側室から生まれた、冷遇されてきた哀れな王子だ。

オーガストはこの兄を毛嫌いしている。私もあまり会ったことはないが、穏やかな人だった印象がある。

しかし、オーガストは母親から兄に負けるなと言い聞かされて育った。だから兄の性格どうこうではなく、ただその存在自体を憎むようになっているのだ。

そしてそんな兄に王位を奪われるというのは、オーガストにとってもっとも屈辱的なことだろう。

「アーノルドが？」

アーノルドが第一王子の名だ。オーガストは兄のことを決して「兄」とは呼ばない。

「あんな卑しい者が王太子になどなれるはずがないだろう！」

オーガストが怒りの表情でこちらに噛みついてくる。

「そんなことないでしょう。彼も国王陛下の血を受け継ぐ王族なんだから」

「だが、母親が下賤な者だ」

「下位貴族なだけじゃない。……あなた、ここがどこだかわかって言っているの？　それに後ろにいるお嬢さんも下賤な者なのかしら」

オーガストがハッとして周りを見回すが、気付くのが遅い。

ここは下位貴族の校舎だ。そして今は休み時間。中庭の近くにいる生徒は多く、その生徒たちの耳には今の会話が耳に入っている。

その証拠に、彼らはオーガストを鋭く睨み付けていた。

「王太子殿下って俺たちのこと馬鹿にしてたんだな」

「下位貴族でも貴族なのに……失礼にもほどがあるわ」

「王太子変更してほしいな。この人が王になったら俺らきっと冷遇されるぜ」

オーガストがぎゅっと拳に力を入れるのがわかった。

「そんなつもりじゃ……」

「じゃあどんなつもりだったのかしら。あなたが前から身分に厳しい男だというのは知っていたけど、ベラさんとお付き合いしているぐらいだから、そういう偏見はなくなったと思っていたのに

「……」

オーガストは口を閉ざした。そのほうがいい。今何か言えばボロが出るだけだ。

本当に残念な男だ。昔から偏見まみれで、この国がどうやって成り立っているかも考えていない。

国は上位貴族だけで成り立っていない。むしろ下に支えられてできているのだ。地位の高い貴族だけでなく、平民のことについても考えられるようにならなければ、王などなれない。

そして彼はそういうことを考えられないから、私が王代わりになる予定だったのだ。

――改めて考えてもオーガストが王になるのは防ぎたいわね！

「僕は……」

オーガストが地面を見つめる。

明らかにこの状況に動揺している。

これだけショックを受けているなら……！

私とリュスカは期待に満ちた目で彼を見た。

「オーガスト様……！」

しかし、その期待は一人の声で潰（つい）えた。

「あたしはオーガスト様はいい人だと思います！　あんなオーガスト様の良さがわからない人たちの言うことなんか無視してください！」

「ベラ……」

オーガストの瞳に光が戻った。

「そうか。そうだな……」

オーガストがベラを愛おしそうに見つめている。

……愛おしそうに見つめている？

「僕にはベラがいるから他はどうでもいい！　話は終わりだ！　失礼する！」

オーガストはベラの手を取ると、足早にその場を後にした。

このままここにいても針の筵だと思ったのだろう。得策である。

いや、それより……。

「元に戻らなかった……？」

どうして？　ショックが弱かった？

婚約破棄された他の男子生徒たちは、ショックを受けたら早々に元に戻ったのに。

「個人差があるのか、あるいは何か他に理由があるのか……」

リュスカが冷静に分析する。

「とりあえず今わかるのは、彼がここにいる全員を敵に回したってことだな」

私は周りを見回した。

みんな憎々しそうな顔でオーガストとベラが去って行った方向を見ている。

「あいつら、絶対許さねえ」

「大体、婚約破棄された原因だってベラなのに」

「俺たちが下賤だって？　王族はそんなに偉いのかよ！」

彼ら……特に婚約破棄されてしまった少年たちは怒りに燃えていた。

他に向ける方向のない鬱憤が、今ここでオーガストたちに向いたのだろう。

これは……また大変そうだわ……。

私は彼らの怒気に後ずさりながら、引き攣った笑みを浮かべるしかなかった。

「これからどうしようか……」

私は温室でリュスカとため息を吐いた。

「あれで戻ればまだあの馬鹿と婚約破棄するだけでいいかと思っていたんだけど」

どうもそれだけではダメそうだ。

とにかくオーガストが王になって、ベラが王妃になったらこの国は終わると思う。本当の本当に終わると思う。

「国が潰れたら俺の国に来ればいいよ」

リュスカが爽やかに口説いてくるけれど、無視である。

うんうん悩んでいると、リュスカが口を開いた。

「そんなに国が心配だったら、第一王子を担ぎ上げれば？」

「え？」

「だってもう一人王子いるんだろう？　この国。見たことないけど」

そう、この国にいる王子はオーガストだけじゃない。もう一人存在している。

第一王子、アーノルドが。

「え……？」

「さっき言ったことを本当のことにしたらいいじゃないか」

さっき言ったこと……。

「まさか……彼を王太子にすること？」

「そう」

リュスカが頷く。

「彼に表舞台に出てもらおう」

「まっ、待って！　そんな急に……！」

私はリュスカを止める。

「それに、彼についてはよく知らないの。オーガストはしゃべらないし、アーノルド殿下自身、ほとんど姿を現さないから……」

「じゃあ会いに行こうか」

リュスカがなんてことないような顔で言う。

「そんな簡単に会えないわよ！　私だって王城に入るのには許可がいるのに……」

さすがにまだ嫁いでいないし、私びいきだった王様が不在の間、不服だけど、このあたりの決定権はオーガストにある。

そしてオーガストが今、私が王城に入るのを承諾するとは思えない。

「入れるよ？」

リュスカがケロリと言う。

「だって俺、今王城に住んでるし」

「……え？」

本当に王城に住んでいた。
「離れだけどね。一応王様通して留学に来ている形だから、ゲストとしてここに泊めてくれているんだ」
リュスカが自分の家かのように部屋を案内してくれる。

リュスカの連れてきた人物、ということで私も王城に入ることができた。

リュスカが泊まっている離れは、もともと他国の来客用に準備されているものだから、使い方としては間違っていない。

離れとはいっても、他国の者をもてなすための建物。その作りは豪華で、これなら誰も文句は言わないだろうと思われる部屋だった。

「そういえば、リュスカはどうしてこの国に留学しようと思ったの？」

リュスカの出身のスコレット公国は、この国より大きく、その分文化も進んでいると聞く。わざわざこの国に来る必要などないように感じられる。どうせ留学するなら、もっと物珍しい国のほうがいいだろう。

「ああ……俺の国の公家の人間は、みんな必ず一度国の外に出るんだ。一人前になるための試練みたいな感じかな。どこに行くかは自分で選ぶんだけど、俺がこのクレイン王国を選んだのは、俺の先祖に関係があるからかな」

「先祖？」

リュスカが頷いた。

「俺の先祖は、かつて竜を使役してこの世界を救ったと言われる、スコーレットだ」

「スコーレットって……あのスコーレット⁉」

私は驚きの声を上げる。

この国……いや、世界のどこでもその名は一度は耳にしたことがあるだろう。

スコーレットは、かつてこの世界が七人の魔女に支配されたとき、竜とともに彼女たちに挑み、見事魔女を滅ぼすことに成功した英雄だ。

まるで童話のようだが、史実として残っており、この世界にはかつて魔法があったことも証明されている。

でも今はその魔法の痕跡もない。今生きている人間は魔法の使えない、普通の人間だ。

「リュスカがあのスコーレットの子孫⁉」

「と言われているね。スコレットもスコーレットが訛ったものらしい」

てっきり英雄にあやかって国名をもらったのかと思っていた。子孫だったとは。

「子孫だっていうのはわざわざ言うことでもないから、言っていないしね。何か聞かれたら答えるだけで。それにそう言い伝えられているだけで、本当かどうかの確証はないし」

魔法があった時代ならともかく、現代でその血筋を証明することは不可能だ。

「で、なんでこの国にしたかと言うと、この国には七人の魔女伝説の中の一人、色欲の魔女の伝説があるだろう？」

「ああ……」

魔女にはそれぞれ呼び名があった。

傲慢の魔女。強欲の魔女。嫉妬の魔女。憤怒の魔女。暴食の魔女。怠惰の魔女。——そして、最後が色欲の魔女。

魔女たちはそれぞれで国を乗っ取り、今でも七つの国にはその伝説が残っている。

このクレイン王国もそのうちの一つで、この国はかつて色欲の魔女に乗っ取られたらしい。

それを救ってくれたのが、英雄スコーレットだ。

「魔女伝説が残る国はそれ関連の遺跡や歴史書があるだろう？　自分の先祖について知るのもいいかなと思って」

「でもそれなら他にも国があるじゃない。もっと遠い国とか行ってみたくなかったの？」

「遠い国だと結構文化が違って面倒事も多いじゃないか。食べちゃいけないものがあったり。旅行ならいいけど、留学となるとね」

確かに遠い国は宗教なども違うから、決まり事も結構あると聞く。自分の常識が通用しないのは一時だけならいいけれど、留学中ずっととなると大変かもしれない。

「俺はこの国を選んでよかったと思っているよ」

「え？」

「だってアンジェリカに会えた」

うっ！

どうしてこういう恥ずかしいことを臆面(おくめん)もなく言えるのか。

「あ、ありがとう……？」

私は恥ずかしくなって俯くしかない。

「なんならここに泊まっていく？　それとも一緒に俺の国に行く？」

「調子に乗らない！」

リュスカがケタケタ笑う。

彼に会ってから彼のペースに呑まれっぱなしだ。

やはり年の功が――。

そこでハタと気付く。私リュスカの歳知らない。

「リュスカって何歳なの？」

「俺？　十八だけど」

「十八？」

私は自分の一つ上だという事実に驚いてしまった。

「あれ？　俺ってそんなに老け顔……？」

リュスカが不安そうに自身の顔を触る。

「いえ、決してそうじゃないの！　ただ、大人びてるから二十歳ぐらいかと……身近な十八歳が、あれだったから」

あれ、というだけでリュスカは悟ってくれた。

「ああ、あの王太子殿か……そういえば同い年だったな……」

「ええ……まあ……いつまでも落ち着きもなく……」

おそらく精神年齢十歳ぐらいなのではないかと思う。王様たちが甘やかしすぎるから！

「アンジェリカは十七歳だろう？」

「よく知ってるわね」

「好きな人のことは徹底的に調べたいタイプなんだ」

結構危ない発言な気がする。

私はリュスカの言葉を無視して話を進めることにした。

「無事に王城に入れたし、あとはどうやって第一王子に会いに行くかね」

「第一王子はどこにいるんだ？」

私は窓を指差した。

「あっちの北の離宮よ。本宮に住むのを王妃様が嫌がったから」

「その王妃様って心が狭いな」

「まあね……でもまったく気持ちがわからないでもないけど……」

「どういうことだ？」

私はリュスカに説明する。

「王妃様、国王陛下と結婚されてもなかなか子宝に恵まれなくて……それでもう待てない！　となって、陛下が側室を取ったの。その側室は、陛下が若い頃恋した初恋の君だったそうで……淡い恋だったけど、身分差であきらめたそうなの。でも正室ではなく、側室ならその人を娶れるってなって、陛下も喜んだみたい」

陛下の側から見たら美談だが、子供ができず、仕方なく受け入れた側室が、夫の元想い人だった王妃様の気持ちは想像に難くない。

「それで側室と国王陛下の間に子供ができて……彼女のプライドはズタズタだったでしょうね。でも幸い、その後王妃様も子供を身籠った。それがオーガストよ」

王妃様はそれはもう、オーガストを可愛がった。待望の子供、しかも男の子。可愛くないはずがない。

「当然正室の子であるオーガストのほうが王太子になる権利があった。オーガストが生まれた時点で、兄であるアーノルド殿下は王位継承権一位から二位に下がった」

これぱかりは仕方ない。生まれた順番より、誰から生まれたかを重視するのは昔からよくあることだ。

「国王陛下も、アーノルド殿下を気にしていたけれど、側室が亡くなってからは関心が薄れてしまって……アーノルド殿下に関してはほぼほぼ王妃様の言いなりなの」

「なるほど。まさに悲劇の王子だな」

リュスカが眉間に皺を寄せた。

「それにしても、聞けば聞くほどこの国はまずいな」

「やっぱりそうよね？　だから私が王代わりになって、オーガストから国王としての権限も取り上げちゃおうと思っていたんだけど」

「そのほうが国のためだな」

リュスカが深く頷いた。

「でもそれももう無理ね。こうなった以上、私はオーガストと結婚する気はないし」

「君は俺と結婚するもんな」

「まだそれはわかりません」

私がピシャリと言うと、リュスカは拗ねたように唇を尖らせた。

「ダメか。流されて言質は取れないか」

「私はそんなに愚かじゃないので」

「知ってる。そういうところが気に入ってる」

またリュスカがさらりと言う。いちいち反応している自分が悔しい。

「じゃあ、ますますアンジェリカが安心して嫁げるように第一王子様に頑張ってもらわないとな」

「……そうね」

私はツッコむのをやめた。

「それで、どうやって離宮に行くの？　王妃様が門番を置いているから、普通に行っても入れないわよ？」

王妃様は第一王子に権力が付くのが嫌なので、彼に味方ができないようにしていた。

だから面会も難しい人物だった。

私が会ったことあるのも、王家主催で、第一王子も参加しなければいけないパーティぐらいだ。

そのときだってほとんど話もしていない。

「大丈夫。これがある」

リュスカが私に紙袋を手渡した。

その中身は――。

「こ、これって……」

リュスカがにやりと笑う。

「さあ、会いに行こうか、第一王子に！」

私とリュスカは離宮の前に来ていた。
「誰だお前たち！」
離宮前に立っている門番に止められるが、リュスカは堂々と答えた。
「誰って……メイドと使用人ですよ。掃除とシーツ交換をするようにと命じられたので」

「いつものメイドと違うが？」

「休みを取ってるんですよ。気になるなら確認します？」

にこにこ微笑みながら言うリュスカに、門番はたじろいだ。

「い、いや、いい。入れ」

「ありがとうございます」

無事に離宮に入り込むことに成功した。

「ね？　人間堂々としていると、案外疑わないものなんだよ」

リュスカがニカッと歯を見せて笑う。

「そうね。思ったより普通に入れて驚いたわ」

私は箒（ほうき）を手に、もじもじする。

「でもこれはなんだか恥ずかしいわね……」

落ち着かなくてスカートを握る。

私が今着ているのはメイド服だ。

「べつに普通のメイド服じゃないか」

「そうだけど……普段着と違うから……」

べつに変な服でもないのに、なぜか恥ずかしい。露出度で言えば、ドレスのほうが高いはずなのになぜだろう。普段まったく着ない服だからだろうか。

リュスカがじっと私のことを見る。

「な、何？」

私はその視線から逃れたくて少し足を引く。

「いや、その恥じらっている感じがいいなって……あとそのピシッとしたメイド服も露出少なめなのが逆にありだよね」

「何言ってるの！　この変態！」

「あ、今のいいな」

「……！」

私は変態ともう一度叫びたかったが、それを言っても喜ばせるだけだと思いやめた。

「お、ここかな？」

離宮は広くない。

最低限の予算でやりくりしているので、王城の本邸に比べたら月とスッポンだ。

正直平民が住んでいると言われても納得の場所で、部屋も少ない。そして他の部屋より少しだけ大きい扉が目の前にある。

私はその扉をノックした。

「はい」

若い男性の声で返事があった。ここで間違いない。

「失礼します」

私は扉を開けた。

「掃除かな？　今邪魔にならないように移動するから……」

そう言ってこちらを振り返ったのは、私が以前見たときよりだいぶ成長した第一王子、アーノルドだった。

瑞々しい葉を思い浮かべる緑の髪に、金色の瞳。金色は王様と同じ色で、王族に多い。彼が国王陛下の子である確かな証拠だ。

おそらく嫌がらせであまり食事をとれていないのだろう。痩せ気味だが、身長はオーガストより高く、リュスカよりやや低いぐらいある。

そして、彼は美しかった。亡き側室に瓜二つで、国王陛下が側室を思い出すからと彼を避けるようになったという噂ももしかしたら本当なのかもしれない。

「えっと……何か？」

戸惑った笑みを浮かべるアーノルドにハッとする。

「す、すみません、つい……！」

「あ、いや、別にいいんだけど……」

やはりオーガストと違って穏やかな人だ。オーガストだったらメイドだと思っている人間が不躾に自分を見たらきっと罵声を浴びせるだけでなく、罰するだろう。

「アンジェリカ……」

後ろから聞こえた声に、もう一人の人物の存在を思い出した。

振り返るとリュスカが恨めしそうな目でこちらを見ている。

「俺より彼が好みなの？」

「え、いや、そういうわけじゃ……」

どちらかと言えば顔はリュスカが好みである。というかドンピシャである。言わないけど。

リュスカがキッとアーノルドを睨み付ける。

「ちょっと顔がいいのは認めるけど、アンジェリカは俺のだから」

「まだリュスカのじゃない！」

「まだ？」

アーノルドを睨み付けていたリュスカが途端に笑顔になる。しまった！

「違う、言葉の綾で……！」

「うんうん、いずれ俺のアンジェリカになるもんね」

「うぅ……！」

もう何を言っても勝手にいい方向に思われてしまいそうで、私は口を閉ざすことにした。

「え、ええっと……俺は部屋を出ていいかな？」

おそらく使用人同士のカップルの喧嘩だと思ったアーノルドが部屋を出て行こうとする。普通、こんな失礼な態度の使用人はいないだろう。だが、そこまで気にしていないのを見るに普段来ている使用人からもだいぶ失礼な態度をとられているのかもしれない。

「待ってください！」

私は慌ててアーノルドを引き留めた。

「アーノルド殿下。普段と恰好は違いますが、私に見覚えはありませんか？」

「え……」

アーノルドは私をじっと見つめた。そして手をポンと打ち鳴らす。

「あ、もしかして、ベルラン家のアンジェリカさん……？」

「そうです！」

さすがアーノルド！　あの馬鹿と違って数回会っただけの人間も覚えていた！

オーガストは何度教えても国賓の名前も覚えられなかったのよね……。

「アンジェリカさんがどうしてここに……」

と言ったところで、彼は言葉を止めた。

「あ、いや、そっか。大丈夫、誰にも言わないから」

「はい？」

彼は何を言っているんだろうか。

「そ、その……使用人とお付き合いしていること、オーガストには絶対言わないから」

どこか恥ずかしそうにしながら話す彼の言葉を聞いて、私はリュスカと顔を見合わせ思わず叫ぶ。

「違います！」

どうしてそんな勘違いを？　いやわかる！　こんな格好しているからだ！

違う！　違います！

「これはここに入るために変装しただけで……本当にそういうのではないので……！」

「ということに彼女はしたいみたいです」

「ややこしいからリュスカは黙ってて！」

話がまったく進まない。

私は一つ咳をして、話を切り替えた。

「紹介が遅くなりましたが、こちらにいる彼はリュスカ――スコレット公国の公子です」

「え？　彼が？」

アーノルドがリュスカを見る。

その目は「なんでそんな身分の人間がこんな格好を？」と思っているのがわかった。

これしか方法が思いつかなかったのだから仕方ないでしょう！

私は早めに本題に移ることにした。

「オーガストのことなんですけど」

「オーガスト？　何かあったのか？」

知らないようだ。ほぼここに閉じ込められているような状況じゃ仕方ない。

「私、オーガストに婚約破棄宣言されたんです」

「はっ⁉　あいつ、正気か⁉」

アーノルドは顔を青くする。

「君なしであいつはどうやって王になる気なんだ⁉　無理だろう絶対！　国が滅亡するぞ！」

あ、実の兄からもそう思われていたんだ。

一人では何もできない男。はっきり言ってオーガストの王太子としての地位は、私が婚約者であることでなんとかみんな納得していたようなものなのだ。

そうでなければ、誰もオーガストに国を委ねたくない。

やる気なのは本人だけだ。

「オーガストは私ではない女性に心を奪われたようです」

「その相手は君より優秀なのか？」

「そんなはずないだろう」

口を挟んだのはリュスカだ。

「頭の出来はオーガストと同じぐらいだよ。むしろもっと悪いかもしれない。とにかく彼女が王太子妃になるようだったら国が終わる」

リュスカの言葉に私も頷いた。

「彼女はただ王太子妃になりたいだけで、国の運営など考えていないでしょう。おそらく王太子妃になれば贅沢三昧できるとでも思っているんでしょうね」

「そんな……」

「それに、彼女はなぜか男性を虜にしてしまうんです。国の中枢にいるのは男性が多い……それがどれほど恐ろしいことか、おわかりになるでしょう？」

まだ中枢にいる人間がどうにかしてくれるならいい。だけど、その人たちまでベラの魅力にやられて彼女の言う通りに動く人形になったら終わりだ。

私の言葉に、アーノルドの顔は青を通り越し白くなった。

「そんな……この国はどうなるんだ……」

アーノルドは現状が飲み込めたらしく、頭を抱えていた。

「というわけで、王太子になりません？」

「え!?　俺!?」

やっぱり驚くか。そりゃ驚くわよね。

今までそういうことを考えるなと言われて育ったのに、急に王太子になってくれと言われても戸惑うに決まってる。

「俺は王太子なんて器じゃないよ！　ずっと引きこもってたし」

アーノルドがあわあわしながら拒否するが、ここで引くわけにはいかない。

「でもあなたには常識や他者を思いやる心があるじゃないですか。それだけでも充分素質はありますよ、オーガストよりは」

オーガストにはそのあたりの素質がない。わがまま放題に育てられたから他人の気持ちなんて考えられないし、自分が優先されて当然と思っている。

オーガストにとっては自分が常識だ。誰の言葉にも耳を貸さない。

ただのいいとこの坊ちゃんならそれでもいいだろうが、王になるにはそれではダメだ。

「あの馬鹿たちが国を滅亡させるよりは絶対いいでしょう」

「……そ、それは……」

思ってるんだな、オーガストが国を滅亡させそうだと。さっきもそう言ってたし。

「わかりました。今結論を出さなくても大丈夫です」

アーノルドはあからさまにほっとした。

「でも王太子の座を狙っている演技はしてほしいんです」

「え?」

私はにこりと微笑んだ。

「表舞台に出てきてください」

「いやいやいやいや！　そんなことしてあの親子が黙っているわけないだろう！」

アーノルドの言うあの親子、というのは王妃様とオーガストのことだろう。

「大丈夫です。うちが後見人につくので。王妃様も手出しできないはずです」

うちが今までアーノルドを支持しなかったのは、うっかりオーガストの婚約者になってしまったからだ。それがなければ当然この第一王子に王になってほしいに決まっている。

他の貴族も私がオーガストの婚約者だったことと、王妃の家柄を考えてオーガストを支持していたが、私が婚約破棄し、アーノルドを支持したらまた考えが変わるはずだ。

「俺も支持しよう。スコレット公国の後ろ盾があれば悪いようにはされないだろう」

スコレット公国の後ろ盾！　なんと頼もしい！

しかし、アーノルドはうじうじしている。

「で、でも、俺は学校にも通わせてもらえていないし……」

「はい。なので今から通ってください」

「え⁉」

アーノルドがありえないという顔をする。

「話した感じ、あなたに教養がないようには思えない。ひそかに勉強していたのでは？」

「そ、それは……乳母が色々教えてくれて……彼女が亡くなってからは、独学で……」

「素晴らしいですね！」

確かアーノルドの乳母は、子爵家の出身で、賢いことで有名だった。不遇の王子の乳母になどならなくてもと思うが、側妃の親友ということで、側妃が亡くなった後も彼のそばに最期までいた人物だ。

「学校行きましょう！」

「でも……オーガストがいるし……」

「俺のクラスに編入しよう。俺はオーガストくんとクラスが違うし、俺と一緒にいれば、オーガストくんも君に手を出せないだろう」

「クラスの指定なんてできるのか？」

「できるんじゃないかな？　スコレット公国の名前を出せば」

た、大国の後光が……！

「そ、それがいいですね！　年齢は確か十九歳でしたよね？　学年が一つ落ちてしまいますが、慣れない間はリュスカと一緒がいいかと思います」

アーノルドがおずおずと頷く。

「わかった……何から何まですまない」

「いいえ。こちらも無茶を言ってすみません。これから頑張ってもらう場面が増えるかと思いますが、よろしくお願いします」

「が、頑張るよ」

自信なさげだが、確かに頷いたアーノルドに、ほっと息を吐く。

「あ、そうだ。君の住む場所も移そう」

「え？」

「だってここだとオーガストや王妃が何をしてくるかわからないだろう。俺の住んでいる離れにくればいい」

とてもありがたい話だ。

ここだと護衛も満足に付けられないし、アーノルドを守るのが難しい。

その点リュスカと一緒に暮らせば自然と守ることができるし、連絡も取りやすい。王妃様もオーガストも、スコレット公国の公子に手を出すことがどういうことかはわかるだろう。さすがに離れを襲ったりはしないはずだ。

「あ、だけど……」

しかし、アーノルドははっきりしない。

「アーノルド殿下。身を守るためにも、ぜひリュスカと一緒にいてほしいのですが」

「うん、それはわかるんだけど……」

もじもじした様子で、アーノルドは言った。

「だって……誰かと住んだことなんてもう何年も前だから……」

もじもじもじもじ。

戸惑っているような喜んでいるような反応のアーノルドに、私とリュスカは思わず声が重なった。

「「そこ⁉」」

「無事になんとか説得できたね」

「ええ……」

もじもじしているアーノルドは最後には首を縦に振った。今引っ越し準備をしている。荷物も少ないからすぐに終わるだろう。

「だけど彼を学校にまで行かせる必要はあったのか？　離れにずっといてもらったほうが安全だろう？」

リュスカの言う通り、学校に通うのにはそれなりにリスクを伴う。登下校は狙われやすいし、何より学校にはオーガストがいるから。

「ええ。だけどちょっと確かめたくて」

「何を？」

「ベラがどういうつもりでオーガストを誑(たぶら)かしたのか」

私はせっせと荷物を詰めているアーノルドを見ながら言った。

「はたして彼女はオーガストを本当に愛しているのか、それとも王太子妃という地位にだけ目が眩(くら)んでいるのか……」

もしオーガストを愛しているだけなら、きっとオーガストが嫌っている第一王子に近付きはしない。だけど、もし権力を狙っているのなら――。

「アーノルドに近付いてきたら、権力に興味があるということで確定だな」

「そういうこと」

彼女の目的が何かわかれば、今後の彼女の動きを予測する手立てになる。

アーノルドには悪いけど、囮（おとり）になってもらう。

「あとは近付いてきても、アーノルド殿下がベラにメロメロにならないようにしなきゃだけど」

大事なのは、ベラがアーノルドに接触しようとするかどうかだ。実際に接触はさせなくていい。

私は期待を込めてリュスカを見る。リュスカがそれだけで悟ってくれた。

「頑張って防波堤になるよ」

「ありがとう！」

リュスカが守ってくれるのなら頼もしい。なぜならリュスカにベラの魅力は通用しないからだ。

学年も違う上に、性別も違う私が四六時中一緒にいるわけにはいかない。

「ありがとうリュスカ」

「お礼ならここにキスとか」

「しません」

頬を指差してくるリュスカにきっぱり言い放つと、リュスカはクスクス笑った。

◇◇◇

「どういうことだっ！」

その声に、私はさっそく馬鹿が釣り上げられたことを知った。

慌てて野次馬の中に混じる。

そこには予想通り、オーガストとベラ、そしてリュスカとアーノルドがいた。

「なんでお前がここにいる⁉　卑しい身分のお前がどうして！」

昨日の今日なのに、よくそういうことを言えるものだ。いや、正確には数日前だが。

それとももう言ってしまっているから開き直ってしまったのか。

アーノルドと同じく、親の身分が低い者がオーガストを睨み付けた。

着々と敵を作ってくれていてこちらとしては助かる。

「きちんと手続きは済ませているよ」

「嘘つけ！　誰がお前を手引きして――」

「俺だけど」

オーガストとアーノルドの間にリュスカが入り込む。

「なんだと⁉」

「きちんと正式に申請は受理されているから、君が怒る必要はないけれど」

オーガストがリュスカを憎々し気に見る。

「また大国の威光を借りるつもりか！」

「まあね。実際俺は借りていい身分だし」

プライドの高いオーガストにとって、自国より大きな大国の公子とやりあうのはただ苛立ちが募るだけだろう。さっさと逃げ帰ればいいのに、そうしないのがオーガストだ。

最終的には毎回逃げ帰っているけど。

「まさか、こいつを王太子にしようと思っているんじゃないだろうな」

「だったらどうした？」

リュスカがにやりと笑った。

「そんなの許されるものか！　大体、こいつは今まで学校にも通っていなかったんだぞ⁉　頭が足りるわけ……」

「編入試験は満点だった。君は確か赤点だったのに、王太子という身分のおかげで入学も進級もできていると聞いたけど？」

オーガストの顔が引き攣った。事実だからだ。

オーガストは勉強嫌いで勉強から逃げ続け、その結果、完全なる落ちこぼれだった。

それでもなんとかなっていたのは、やはり私がいたからだ。

王も教師も、オーガストがお飾りの王太子になるとわかっていたから。

そうならない状況は想定していなかったのだ。

しかし、私が王太子妃にならない場合、そうは言っていられない。

「君も勉強しなきゃいけないいんじゃないかな。今から追いつくかわからないけど。もうアンジェリカはいないんだから」

「う、うるさい！」

自分の痛いところを突かれて、オーガストは顔を真っ赤に染める。

この反応からしてまずい自覚はあるのだろう。そして残念ながら、ベラが私の代わりを務めるのは無理だろうことも。

「ちょっと！　さっきから黙って聞いていたら失礼じゃないですか！」

強く反論できないオーガストに代わって声を上げたのはベラだ。

「オーガスト様は王様になるんだから、少しぐらい勉強できなくてもいいじゃない！　そんなものは部下が賢かったらどうとでもなるでしょ!?」

「……」

あまりの言い草に、みんながポカンとしてしまう。

「あのね……」

私は様子を見ていた人垣からそっと抜け出し、四人に近付いた。

「何よ！　あなたは関係ないでしょう⁉」

「うん、まあ、関係ないんだけど」

だけど、一応説明はしておこうと思って。

「部下が優秀ならいいと言うけど、当然ながら、すべてにおける決定権は王にあるの。部下は王の命令には逆らうことは難しいし、それが間違っていても従わなければいけないこともある」

ベラが理解できない表情をしている。

「……わかりやすく言うと、王が突然思いついて『ちょっと戦争しよう！』となっても、止められない可能性があるの。それがどういうことか、わかるわよね？」

「……」

ベラは腑に落ちなそうにしながらも頷いた。

「一言で言うと、誰だってそんな人に王になってほしくないの。……つまり、オーガストが王になるなら、もう少しそういったことのないように成長してほしいのよ、みんな」

ベラはやはり不貞腐(ふてくさ)れている。

「……そんな話聞かされても、知らないし。それよりその人誰？」

ベラがアーノルドを指差す。

「……僕の、兄だ」

オーガストが憎々し気に口にする。

「え⁉　オーガスト様のお兄様⁉」

ベラが改めてアーノルドを見る。

「かっこいい……」

ベラがポロリと漏らした言葉は、オーガストの耳にばっちり入ってしまった。

「かっこいい⁉　こいつが⁉　冗談だろうベラ……こいつは卑しい生まれの男で、今まで引きこもっていたんだぞ⁉」

オーガストがいかにアーノルドがダメかベラに説明する。

「引きこもっていた、ではなく、引きこもらせたんでしょう？」

オーガストと王妃様が、アーノルドと側妃を離宮に追い出し閉じ込めたのだ。

しかし、そのことは上位貴族しか知らない。つまり、今ここでたまたま話を聞いた下位貴族にとっては、楽しくない話だ。

「え？　何？　いじめてたってこと？」

「母親が下位貴族だから？」

「それってひどすぎない？」

「血は半分同じなのに……！　彼だってオーガスト様と同じ環境で過ごす権利はあるはずなのに！」

みんなが口々にオーガストを責め立てるような言葉を言う。

「うっ、うるさい！　僕は間違っていない！　正妃の子と側室の子が同じわけないだろう！　僕はただ立場をわからせてやっただけだ！」

昔から思っていたけど、口を開けば開くほど墓穴を掘る男だ。

「前からひどい性格だと思っていたけど、ここまでとは……」

「軽蔑する……」

みんなに蔑まれ、オーガストが狼狽える。ちやほやされて育っているから、こういう状況に対応できないのだ。

オーガストはみんなが自分を尊敬し、みんなが自分を尊重してくれると、素で信じている。

「……そ、そうだ！　アンジェリカ……そう、アンジェリカが僕のそばにいればみんな納得なんだろう!?」

「は？」

「僕が賢くないから不安だという話だったよな？」

初めのほうの話を蒸し返して誤魔化そうとしているらしいオーガスト。本当にこいつ……。

「ならアンジェリカがそばにいたらいいんだ！」

「……は？」

思わず低い声が出る。何を言っているんだこいつは。自分から婚約破棄を申し出た分際で。

「もともと結婚する予定だったんだからいいじゃないか！　王妃の座はベラにあげるから無理だが、

側妃の座をやろう！　それで満足だろう？」

「はあああああ!?」

何言ってるのこいつ！　頭湧いてるの!?

いいわけないでしょう！

しかもなぜかさも私がその座を望んでいるような言い方！

何度も言っているけど！　私は！　あなたが！　大嫌いなのよ！

「絶対お断りよ！」

「僕がこれだけ譲歩しているのになんだその態度は！」

「はあ!?　本当に頭どうかしてるの!?　何一つ譲歩してないじゃない！　私をただ道具にしたいって宣言してるだけじゃない！　しかもそのために側妃なんて冗談じゃない！　あんたなんて願い下げだって何回言ったら通じるわけ!?」

「この僕の妻の座を喜ばない女がいるわけないだろう！」

「いるでしょうが！　今！　ここに！」

これだけ説明しても、なぜかやつの顔には「本当はなりたいんだろう」と書いてある。

どうやったらここまで自分に自信のある自意識過剰男になるわけ!?

「アンジェリカを……側妃に……」

そのとき、私たちのやりとりを聞いていたリュスカがようやく口を挟んだ。

「ああ。だから悪いが、貴殿のアンジェリカへのプロポーズは無効に……」

「だから、私はならないって言って……！」

——バキッ！

どこからか破壊音が聞こえた。

辺りが急に静けさを取り戻す。

「ああ、すまない。ちょっと手に力が入りすぎて、ペンを壊してしまった……これが君の腕だったらよかったのに……」

ボソリと恐ろしい一言を付け加えたリュスカに、一同震えあがった。

当然強がっているけどビビりなオーガストが一番顔を引き攣らせている。

「そ、そうか……それは残念だったな……と、とりあえず、今日はこのぐらいにしておいてやる！

行くぞベラ！」

「あ、待って！」

急いで逃げていくオーガストを、慌ててベラが追いかける。

しかし、私は見逃さなかった。ベラがアーノルドに視線を寄こしたのを。

「アンジェリカ、側妃になんてなったらダメだ」

「なるわけないでしょう」

いいように使われるなどごめんである。

「でもアンジェリカは国思いだから、もしかしたら……」

「ないない。絶対ない」

確かにこの国には愛着がないわけではない。家族もいるし、友もいる。だけど、自分の人生を犠牲にするほどの愛国心はない。

自分が大事だ。当然ながら。

しかもそんなことになったら、あの自分大好きベラが私を許すとは思えない。きっとなんらかの形で排除される。

死と隣り合わせになんてなりたくない。側妃など御免被る。

「ええっと……一応確認したいんだけど……二人は恋人同士なのかな？」

「いいえ」

「まだね」

アーノルドの問いに答えると、即座にリュスカが答え返した。

「あ、なるほど……なんとなくわかった」

聡いアーノルドは私たちのこの反応だけでなんとなく関係性を理解したらしい。

ちなみにもう授業は終わり、今はリュスカの離れに来ている。

ここが一番盗み聞きのリスクが低いからだ。

「学校はどうでした？」

私が訊ねると、アーノルドの頬が少し桃色に染まる。

「すごいよ！　教師の教えはわかりやすいし、図書館は充実しているし、何より人がいっぱいいる！」

アーノルドの反応に、ちょっと涙が出そうになる。

ずっと一人で小さな離宮に押し込まれていたのだ。感動の連続だったのだろう。

「オーガストへの牽制のために入学していただきましたが、それとは関係なしに、ぜひ学園生活楽しんでくださいね」

「ああ！」

オーガストとは違う清らかな笑みに浄化されそうになる。

人間こういうところに育ちの良さが出る。

オーガストは最高に育ちが悪い。

「それで、次はどうする？」

「そうね……」

私はアーノルドにちらりと視線を送る。

ベラは明らかにアーノルドに興味を示していたが、近寄らなかったので、はっきり判別できない。

「……今度、昼休み、一人になってもらおうかしら」

もしアーノルドを狙うなら、おそらく一人になったとき。

「え⁉　一人⁉」

アーノルドが怯えた反応をする。

「一人と言っても、私たちも気付かれないようにそばにいるから大丈夫です。怪我などをする心配はないですよ」

私の言葉にアーノルドは安堵の息を吐いた。

「そうか……あのベラっていう子に注意していればいいんだよね？」

「そうです。なぜかベラと話したことがある男子はみんなメロメロになってしまうのでお気をつけて」

「えっ怖！」

「そうならないように、接触して来たらすぐに助けますから！」

とはいうものの、これればかりは保証はできない。

ベラがどういう手段で男性を虜にしているかわからないからだ。

「わかった。頑張る……」

自信なさげに、アーノルドは返事をしてくれた。

放課後。

アーノルドには一人で下位貴族の中庭にいてもらった。

ここが一番ベラの出現率が高いからだ。

「本当に来るかな」

「来たら、明らかにオーガストには恋していないことになるね」

「そうね」

残念ながらそうなる。オーガストに本当に恋をしているのなら、他の男に目を向けることなどしないはずだから。

しかし、どうやらオーガストの片想いのようだ。

「来た」

ベラが現れた。

いつも腰巾着（こしぎんちゃく）のように張り付いているオーガストはどうしたのか、今日は一人だ。

ちなみに親衛隊は解散した。婚約破棄されて正気に戻ったら、もうベラを追いかけるのをやめたようだ。

ベラは中庭にある花など見向きもせず、一直線にアーノルドのもとに向かう。

この間花にきゃっきゃ言っていたのはなんだったのか。今花を踏みつぶしたの見たぞ。

ベラがアーノルドに近付くたびに、私たちも二人に近付いた。会話を聞きたいからだ。

「アーノルド様」

アーノルドの前に来たベラが、にこりと微笑んだ。

「ああ、えっと……ベラさんだっけ……？」

アーノルドはあまりベラに興味がなさそうだ。彼は図鑑と花を見て楽しんでいたのを邪魔されてむしろ少し不満げな様子。

引きこもらざるを得なかったので、実際に植物を目にする機会も少なかったと言っていた。

「そうです！　覚えていてくれたのですね！」

ベラが嬉しそうに反応する。

「あたし、アーノルド様と仲良くなりたいなぁ、と思って」

ベラがそう言いながら、アーノルドに近付くと、アーノルドが一歩下がった。

「君、オーガストの恋人なんだろう？　俺と仲良くしたら、オーガストが怒るんじゃないか？」

もっともなことを言うアーノルドに、ベラは大丈夫だと言う。

「オーガスト様はあたしのすることに文句なんて言いませんから」

それは惚れられている自信なのか。それとも他に意味があるのか。

わからないが、彼女がアーノルドとも、オーガストと同じように仲良くしたいのは確かなようだ。

「ねえ、アーノルド様が王太子になる可能性もあるんでしょう？」

「一応は……」

「あたし、王太子妃になりたいの」

ベラがついに自分の胸の内を語った。

「この国で一番上の地位の女性になりたいの。それでみんなに愛されて、ドレスや宝石なんかもいっぱい買ってもらって、いい暮らしをするの」

ベラがうっとりとした表情を浮かべる。

この子、王太子妃を貢がれるだけのニートとでも思っているのかしら？

実際公務は多いし、勉強もしなければいけない。宝石だって、ある程度は品位を保つために与えられるが、際限なく買っていては、国庫が尽きる。可能な限り必要最低限だ。

王太子妃を絵本の中のお姫様と同じとでも、彼女は思っているのかもしれない。

「だから、あなたとも仲良くならなきゃ。あなたが王太子になったとき、あたしを選んでもらえるように」

ベラがアーノルドにさらに近付いた。

「さあ、あたしの目を見て。ドキドキするでしょう？」

ベラは愛らしい笑みを浮かべる。笑みは可愛らしいのに、その実、願望がだだ漏れだった。

彼女は王太子妃になりたいだけ。だからなれるなら相手は誰でもいいのだ。

それこそオーガストでも、アーノルドでも。

「……ああ、ドキドキするよ」

アーノルドのまさかの回答に、私は慌てて茂みから飛び出そうとするが、リュスカに止められた。

「どうして止めるの!?　アーノルド殿下もオーガストみたいに……」

「あの表情を見て。もう少し様子を見よう」

リュスカに言われてアーノルドを見ると……彼は苦虫を嚙み潰したような表情を浮かべていた。

「そんなことをまさか本人に伝えてくるのも、そして自分が選ばれる自信を持っていることにもドン引きしすぎてドキドキする。離れてくれる？」

「……え？」

まさか拒絶されると思っていなかったのだろう。ベラは固まった。

そんなベラからアーノルドが自ら距離を取る。

「悪いけど、俺は君のような女性は嫌いだ。君だって俺のこと好きじゃないんだから、これに関してはお互い様だろう？　君が愛しているのは権力だ」

「……」

ベラが俯く。

「何よ……」

ベラが声を出した。

「なんなのよ。どうして効かないのよ！　おかしい、こんなの……！」

「効かない、とはどういう意味かな？」

リュスカが茂みから立ち上がり、ベラに訊ねる。

「なっ、盗み聞きして……！」

「早く質問に答えてくれないかな？」

「……」

ベラは視線をさまよわせた。

「別に、普段は目が合っただけで男性はあたしのこと好きになったから……それだけよ。もう用もないから帰るわ」

ベラはもう話をしたくないようで、その場を足早に去った。

「嘘だな、あれは」

「ええ。視線が思いっきり泳いだものね」

人は嘘をつくとき、目に表れるのだ。彼女は演技だけでなく、嘘も下手らしい。

「二人とも助けに入るのが遅いじゃないか！」

私も茂みから立ち上がると、アーノルドが恨みがましい声を出す。

「あ、ごめんなさい……でも一人でも大丈夫そうだったので」

「大丈夫じゃない！　あんな気持ち悪い女初めてだ！　オーガストはあの子の何がいいんだ⁉」

「それに関しては私たちにもわからないです……」

顔なのかしら……。

「何はともあれ、ベラが王太子妃の座を狙っているのと、なんらかの方法で男を手玉にとっていることがわかったな」

「ええ……でもどうしてアーノルド殿下には効かなかったのかしら？」

ベラは自信満々にアーノルドに近付いた。成功すると思っていたのだ。

でもアーノルドはベラを拒絶した。

「何か条件でもあるのかしら」

「そうかもしれない……あるいは――」

リュスカはそこで言葉を止めた。

「何？」

「いや、なんでもない」

リュスカが首を横に振る。

「とりあえずアーノルドがあの子の魅力にやられることがないようで安心だな」

「そうね。これでより守りやすくなるわ」

「それで、俺は次に何をしたらいいんだ？」

アーノルドの言葉に私は少し考えた。

「普通に過ごしてくれていいですよ」

「え……？　それでいいの？」

「ええ。あなたの存在自体が彼らへの牽制になりますから。そして短気なオーガストが何かやらかしてくれたら万々歳です」

「それは、俺は安心できるの……？」

アーノルドが少し不安そうにする。

「大丈夫です、守りますから。最終的にはあなたに王太子になってほしいですし」

「まだ決めてないけど」

「それもゆっくり決めてください」

そうは言ったが、是が非でもアーノルドに王太子になってほしい。あんな側妃になって自分のために働けと言う自己中男が王になってほしくない。

「わかった」

アーノルドの返事に、私はにっこり微笑んだ。

第四章　ベラの本性

「ちょっと。顔貸してよ」

翌日。

意外な人物に呼び止められて、私は固まった。

「えっと……ベラさん？」

私に声をかけたのはベラだった。

「あなたどうしてここに？」

ここは上位貴族の校舎だ。彼女が授業を受ける下位貴族の校舎ではない。

「そんなのどうだっていいでしょう」

確かにどうだっていいけれど。

「今日は一人なの？」

いつもべったりなオーガストがいない。

「オーガスト様は補習を受けなかったとかで呼び出されたわ」

「はあ!?」

オーガストがテストで赤点を取ったことは知っていたが、まさか補習をサボっていたとは！

いくら王族でも補習を見逃してもらうことはできない。ベラとイチャイチャする前にきちんとやることやっておきなさいよ！

というか、赤点取る王族なんてもしかして初めてじゃないの？　あいつ、もしかしたら歴代最高に頭の悪い王族として歴史に名を残すかも……。

「オーガスト様は王様になるんだから、そんなことしなくていいのに」

「いや王様になるかどうかとか関係ないから。決まりだから」

「それをどうにかできるのが王様でしょう？」

彼女の中の王様はどういうイメージなんだろう。

なんでもすべてを思い通りにできる存在だと思っているのだろうか。とんでもない暴君だし、そんな王様はすぐに反乱を起こされるのだが。

「何ボケっとしてるの？　話があるって言ってるでしょう！」

ベラが強い口調で言う。

「なんだか普段と態度が違くない？」

普段から私にとげとげしかったが、それでも敬語を使っていたりしたし、何よりすぐにピエピエ泣いてなよなよした感じだった。

それがどうだろう。今は気の強さが前面に出ている。昨日までと同じ顔なのに、態度でここまで印象って変わるんだなと感心した。

「あなた相手にぶりっ子してどうなるわけ？　女相手にそんなことする必要性がないし、無駄な労力じゃない」

なるほど！　これが噂に聞いていた、男と女で態度が違うというやつか！

今まで彼女が私の前に現れるときは男性と一緒だったため、ここまであからさまに態度が変わるところを目にすることはなかったのだ。

これは女子に嫌われるのも納得。

ちなみに今私が一人なのは、いつも一緒にいるリュスカがアーノルドに校舎を案内しているからだ。

「ねえ！　ちんたらしないでよ！　早くついて来て！」

そう言うと、ベラは歩き出した。

私、まだいいよともなんとも言っていないのだけど……。

でも断る必要もないので、私はついて行くことにした。一度、一対一で話してみたかったしね。

こういう機会でもないと、オーガストが彼女から離れてくれない。

そのままベラの後をついていくと、案内されたのは体育館裏だった。

「体育館裏で話し合いするって本当にあるんだ……」

思わず漏れた声に、ベラがじろりと睨み付けてきた。

ごめん、つい……下っ端チンピラしかしないと思っていたから……。

「本当に何から何まで腹立つやつね！」

こっちのセリフなんだけど。

こんなにまで「お前が言うなよ」と思うセリフがあるだろうか。いやない。

それは婚約破棄宣言を公衆の面前で言われて、たびたび絡まれる私が言うセリフじゃないか。

「どうしてあたしの邪魔をするのよ！」

これもこちらのセリフである。

「そっくりそのまま返すわ」

「なんですって⁉」

だって邪魔されているのは私である。

こっちはわざわざそちらと顔を合わすことがないようにしているのに、いちいち突っかかって来て迷惑しているのは私のほうだ。

「ムカつく女！　その澄ました様子も鼻につくのよ！」

本当に男と女では態度が違う。男がいたらここでまた涙を流していたのだろう。

いやここで泣かれても「面倒だなあ」としか思わないから、やはり彼女の女の前ではぶりっ子しないは正解なのかもしれない。泣かれるのはお互いにデメリットしかない。

「あたしはね、王太子妃になりたいの」

彼女が私に本音を話した。この間アーノルドに言っていたのは本心だったのだろう。

「やっぱりそれが目的だったのね……」

彼女はオーガストに惚れているんじゃない。オーガストの持つ王太子という地位が好きで、そして彼と結婚したら得られる王太子妃の地位がほしかったのだ。

「なのに、あんたが余計なことするから、なれないかもしれないじゃない！」

余計なことって……。

「まさか、私が提案した勝負のこと？　あのね、私にだって名誉を守る権利があるのよ。自分だけ悪いって言われて、納得する人はそうそういないでしょう？　ましてや身に覚えがないのに」

もし身に覚えがあったら素直に認めてあげていたかもしれない。

しかし残念ながらまったく身に覚えがないし、そんなことで自分の評価を下げるなど愚か者がすることだ。

「どうせやるならきちんとこちらの反論の余地がないようにやってくれたらよかったのに」

「うるさいわね。仕方ないでしょう、あなたと接点ないんだから！　それに、あなたオーガスト様に興味がなさそうだから、もっと簡単に頷くと思っていたのよ！」

彼女の言う通り、オーガストにも王太子妃の地位にも興味はなかったが、自分への評価には敏感だったのだ。

せっかく築き上げた評価を落としたくはない。

王太子妃になるからと、どれだけ努力してきたと思うのよ！

しかも相手がオーガストだから、余計にあれこれ勉強する必要があったのに！

「あなた、さっきから王太子妃王太子妃と言っているけど、残念ながら、王太子妃ってただ王太子の隣でにこにこしているだけじゃないのよ」

「は⁉　じゃあ何するのよ」

え⁉　待って……その反応、本当にそうするだけだと思ってたの⁉

「あのねぇ……そんな税金泥棒な制度だったら王族いらないわよ……外交で諸外国のお偉いさんと交渉したりもするし、その際のパーティー内容も相手方の好みのものとかも把握して開催しないといけないし、孤児院の慰安、災害地域の訪問や対策、あと……」

「そんなに⁉」

そんなにと言うけれど、まだすべて言い終わっていない。これはほんの一部の例だ。

「そんなの王太子だけでやればいいじゃないの！」

「そうはいかないわよ。結婚したら王太子と王太子妃はセットなの。一緒にこなさないといけない。ただ優雅にお茶を飲んで、綺麗なドレス着て、笑顔振りまいているだけでその地位が保証されるなんて思っていたら大間違いよ」

それに、と私は続ける。

「オーガストはあの通り……王太子ではあるけれど、才がない……頭が悪い上にプライドだけは一丁前。だから、それをすべて補うために私が王太子妃に選ばれたの」

「何それ」

「つまり、オーガストと結婚したら、オーガストがやるべき仕事も、王太子妃の仕事になるってことよ」

「はあ!?」

ベラが憤(いきどお)った。

「そんなの聞いてないわよ！　オーガスト様は僕の隣で笑っているだけでいいって……！」

「オーガストは馬鹿だから本気でそう思っているかもしれないわね。王太子が受けるべき勉強は、すべて私が代わりに受けていたし……」

私はふう、とため息を吐いた。

「オーガストと結婚するなら、さっき言ったのに加え、彼の代わりに仕事もこなさないと……」

「そんなのオーガスト様がやればいいでしょ!?」

「だからそれができたら初めから私は婚約者になっていないのよ」

オーガストができないからこそ、王の仕事も代わりにできる人間を王太子妃にするしかなかったのだ。

「何それ！　そんなこと聞いていないわよ！」

「言わないでしょう、オーガストは。私がなんで婚約者だったのかもあまり理解できてない可能性が高いし」

理解できていたらおそらく私に婚約破棄を告げない。ベラを側妃にしたいとお願いしてきたんじゃないだろうか。

実際は馬鹿だから私に側妃になれとか言い出してたけど。馬鹿だから。

ベラは苛立たしげに鼻息を荒くしていたが、ふと笑みを浮かべる。

「ふんっ！　いいわよそんなの！　結局なった者勝ちなんだから！」

きちんと仕事をこなさなければ当然その椅子から引きずり降ろされるのだけど……。

「それに、あたしはオーガスト様の他にも男性が味方についてくれるもの」

「でも取り巻きたちは去って行ったじゃない」

「それはあんたのせいで……！」

しまった藪蛇(やぶへび)だった。

少しだけ機嫌が良くなっていたベラが再び怒りの視線を私に向ける。

「まあ、取り巻きはちょっと時間がかかるけど、また元通りにすればいいもの」

元通りになるのだろうか。ベラには何か確信があるような様子だった。

「というか、一番あたしが腹立っているのはね……」

ベラが鋭い視線で私を睨み付けた。

「なんであんたがリュスカ様のそばにいるのかってことよ！」

指を差され、お前が悪い、みたいに言われたが、そんなことを言われても私が困る。

「なんでって……そもそもの発端はあなたたちじゃない」

オーガストとベラがとんだ茶番劇をしてくれたから、リュスカが私に目を付けたのだ。

しかもベラの言い方だと、まるで私がリュスカに付きまとっているかのようだが、実際は逆である。

「うるさいわね！　どうしてあの大国の公子があたしじゃなくてあんたなんかを……！」

「どうしてと言われても……」

それはぜひともリュスカ本人に聞いてほしい。

「はっきりものを言う女性が好きなんですって」

「だったらあたしだって！」

確かに今のベラはかなりはっきりものを言うが、ものを言うにも種類があるんじゃないだろうか。少なくとも、自己中心的な発言を繰り返す人間を好きだと思う人は少数派だと思う。

「リュスカはあなたのこと好みじゃないと言っていたけど」

失礼な言い方になるが、変な望みを与えるよりいいだろうと思い、伝えてあげると、ベラが鼻で笑った。

「あたしのこと嫌いな男なんていないわよ。絶対ね」

妙に自信満々だ。

なぜベラはこんなに確信があるように宣言できるのだろう。

自分に女としての魅力がそれほどあると信じているのか。

実際、ベラに何人もの男子生徒が傾倒していたからそれも仕方ないかもしれないけど。

「いいわ。絶対にリュスカ様を落としてみせる」

「あなたオーガストはどうするのよ」

「オーガスト様はオーガスト様でキープしておくわよ。一国の王太子をそうそう手放すわけないじゃない」

最低な思考すぎて開いた口が塞がらない。

「リュスカ様と結婚することになっても、オーガスト様ならなんだかんだあたしの幸せを願ってくれるはず。そしてあたしが結婚した後も、愛してくれるわ」

「あ、あなた……正気……？」

あまりの言い草に私は引いてしまう。

オーガストのことは嫌いだが、あんまりな扱いだ。

「より良い男がいたらそちらにいくのは当たり前でしょう？　どう考えてもスコレット公国のほうが大国だもの。第三王子だとしても、いい暮らしは保証されるでしょう？　公太子じゃないのは残念だけど、その分、煩わしいことも少なそうだし」

ベラはどうやらリュスカのことを本気になったようだ。

だがその言い方は失礼極まりない。すべてにおいて、彼女は男たちを、『どれだけ価値があるか』でしか見ていない。

「あなた、人を愛する気持ちあるの？」

「愛で贅沢ができるわけ？　悪いけど、あたしはそんなものはどうでもいいわ」

ベラが語る。

「あたしが望むのは、誰からも羨ましがられる悠々自適なお姫様のような生活。相手からの愛は欲しいし、金も権力も何もかも欲しいのよ」

ベラがおかしそうに笑う。

「男なんて、本気でこちらが愛しているかどうかなんて気付かないわ。愛想良くして男が欲しい言葉をあげれば、勝手に惚れ込んでくれるんだから簡単よ。たったそれだけであたしが自分を愛しているいると信じてくれるんだもの」

「……」

こんなに理解できない存在に出会ったのは初めてだ。

「あなたのような相手にリュスカをあげるわけにはいかないわ」

「あら、でもあんたたちお付き合いしているわけじゃないんでしょう？」

私は言葉に詰まった。

そう、私はまだ答えを出せていない。

仕方ないじゃない！　恋愛経験ないんだから！

確かにいい人だし何より顔がいいし顔がいいけど、彼に恋をしているかどうかと聞かれると首を傾げてしまう。

だって恋なんてしたことないし、まだ出会って日が浅いんだからそうそう結論は出せない。

「そ、それは……！」

「ならあんたにどうこう言う権利はないわ、あたしはあたしで好きにやらせてもらうから」

ベラがビシッと私を指差す。

「今度こそ邪魔しないでよね！」

ベラが言うだけ言って去って行った。

私は心に決めた。

「絶対邪魔してやる！」

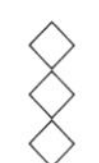

「リュスカ様ぁ！」

宣言した通り、翌日からベラのリュスカへの猛アタックが始まった。

オーガストの補習が始まったのもタイミング的によかったようだ。

まとわりつく男がいない中、ベラはリュスカに近付いた。

「何？」

しかしリュスカは塩対応だ。

当たり前だ。今までのことがある。むしろなぜ受け入れられると思ったのか。

「そんなつれないこと言わないでください。あたし、お弁当作ってきたんです！」

ベラがお弁当箱を差し出した。

中身は色とりどりの野菜や、高価なお肉が入った実においしそうなお弁当だった。

しかし私は知っている。というか見た。それは今や人数が少なくなってしまったベラの取り巻きの一人が作ったものだということを。

本気で落とす気ならもっと自ら努力したらどうなのだろうか。

「いらない」

リュスカがきっぱり断った。

「そんなこと言わずに……少しでいいですから！」

ベラがずいっとお弁当箱を差し出す。

リュスカはそれを手で払いのける。

「悪いけど、どこの誰が作って何を入れられたかわからないものは食べられない」

「な、何かを入れてなんて……！」

「これでもスコレット公国の三男なんでね。毒で狙われることもあるんだよ。それは大好きなオーガストくんにでも食べさせたらどうだ？」

リュスカがベラに冷たい目を向ける。

「……そ、そうですね！　わかりました！」

ベラはここは引くことにしたようだ。お弁当を抱えて退室していった。

ちなみにここはリュスカの教室である。

「うわあ……何あれ……引く……」

リュスカと同じクラスになったアーノルドがドン引きした顔で現れた。

「どこにいたんだアーノルド」

「あの女の子気持ち悪いんだもん……巻き込まれたくないから隠れてた」

彼女はアーノルドにも興味がありそうだったので、賢明な判断である。

「なんでオーガストと婚約するって言い張っていながら、俺たちのほうに来るんだろうね？」

「より良い条件があったらそちらに乗り換える気なんだろう」

「え!?　大々的に宣言しておいて、そんなことできると思ってるの!?」

パーティーでみんなが見ている中私を断罪するつもりだったようだが、それもうまくいかず、結果としてオーガストとベラは自分たちの関係を自らみんなにバラしてしまった。

人の口に蓋はできない。あの場にアーノルドはいなかったけれど、この学園に通うようになって、私たちの間で何があったか、噂として耳にしているのだろう。

「彼女はできると思っているんだろうな。男は自分の思う通りに動くと信じているようだから」

「なんであんなに自信満々なんだろう……理解できない……」

アーノルドに完全に同意である。

「あの自分に落ちない男はいないみたいな様子が気になるな……」

それは私も思っていた。

なぜか彼女はいつも自信満々なのだ。ただ自分が可愛いと過信しているのかと思っていたけれど、彼女を見ていると、そういうのより、男が落ちるのを知っているみたいな……。

「ね、アンジェリカ」

こっそり廊下から覗いていたのがバレていたようでリュスカが話を振ってくる。

「べ、別に覗いていたわけじゃないから！　ちょっとあの子がどうする気なのか気になって……！」

ストーカーではない！　断じて！

わたわた言い訳をする私にリュスカがにこりと微笑む。

「ちょっと彼女が他の男を落とすところを見てみようか」

「え？」

私の覗き行為には一切触れずに、リュスカが続ける。

「あれだけ確信してるから、多分何かあるんだよ。前言ったように催眠術か何か」

「そんなこと本当に可能なの？　一人二人ならまだしも、あの子何人も侍らせていたのよ？」

「可能かどうかを見に行くんだろう？」

リュスカの言う通り、可能性があるなら確認しておくべきだ。

ベラのやり方がわかったら、哀れな男子生徒を守れるかもしれない。

「でも彼女、あなたを落とすって言っているのに、他の人落としに行くかしら」

「あ、俺見たよ！　あの子が男子生徒に近付いて話しかけてるの！」

アーノルドが言った。

「ベラって子、取り巻きにしたら自分からはそうそう寄っていかないだろ？　だから自分から近付いていているってことは、新しく信者を増やしているところなんじゃないかな？」

「この間取り巻きがだいぶ減ったものね」

大勢の男子生徒が婚約破棄されて、彼女の取り巻きをやめた。

もしかしたらそれを補うために新しく粉をかけているのかもしれない。時間をかけて元に戻すと言っていたし。

「都合がいいな。その様子を見てみよう」

「そこまでベラって子のこと追求しなくていいんじゃない？　だって、最終的に陛下が帰って来るまでにベラたちがアンジェリカさんを嵌めたって説明できればいいんでしょう？」

アーノルドの言う通り、もともとはそういう勝負だった。だけど……。

「ベラがどうやって男を落とすのか、知らなくてもいいかもしれないけど、知っておいたほうがいいと俺は思う。だって、もし俺やアーノルドがベラの魅力にやられて、万一アンジェリカの敵になったらどうするんだ？」

「えー……俺あの子苦手だからないと思うけど……」

「絶対はないだろう。相手がどうやって男を落としているのかわからないんだから」

「うーん……そう言われるとやっぱり知っておいたほうがいいかあ」

アーノルドは納得したようだった。

「何より自分があの子に心酔するようになったら嫌だからね……俺ああいう子はちょっと……」

アーノルドは本当にベラが好みではないらしい。

「オーガストが補習で忙しい時間だから、信者を集めているならちょうど今だと思うわ」

「ひとまず隠れよう。俺とアーノルドが見つからなければ渋々他に信者集めに行くだろう」

こうしてベラの男の落とし方を見ることになった。

「あれぇ〜？　リュスカ様いないな〜？」
わざとらしい声を出してベラがリュスカを探している。
見つからないためにリュスカとアーノルドは隣の教室に隠れて、私は彼女の動きを見るためにリュスカたちの教室でバレないように息を潜めた。
「うーん……仕方ないなぁ。じゃあまた今度にしよう」

ベラはあっさり探すのをあきらめ、教室から出て行った。

こういう切り替えが早いところは見習いたいかもしれない。

「じゃあ行きますか」

避難していた教室から出てきたリュスカたちと合流して、ベラの後を追う。

すると予想通り、ベラは見知らぬ男子生徒に声をかけに行った。

ベラと話していると初めは普通だった男子生徒の瞳が徐々にとろんとし出す。その後はベラに対して熱のこもった視線を向けていた。

「落ちたな」

リュスカが言った。

明らかに男子生徒は恋に落ちた。この一瞬で。

「そんな……この早さで恋に落ちるなんてありえる？　初めは普通だったことを考えると、一目惚れというわけではないでしょう？」

一目惚れだったらベラを目にした瞬間から恋に落ちているはずだ。

「ああ。多分一目惚れじゃない。おそらく、自然に恋に落ちるんじゃないんだ……やっぱり催眠術か何か、おかしな手を使っている可能性があるな」

「催眠術……」

前にもリュスカはそう言っていたけど、そんなこと本当にできるのだろうか。

「でもそれなら俺も惚れてるはずじゃ……？」

アーノルドが自分を指差しながら言った。

確かにベラはアーノルドにも興味があるようで近付いてきたが、アーノルドははっきり拒絶していた。

「それにリュスカくんも彼女に興味なさそうだし……」

リュスカもまったくベラに靡かなくて、ベラがイライラしているぐらいだ。

「多分条件があるんじゃないかな？」

「条件？」

「おそらくだけど。だから、ちょっと確かめに行こう」

「確かめるって何を？」

私が訊ねるとリュスカは答えた。

「俺たち以外にも彼女の魅力に落ちなかった人間がいるんだ」

リュスカが笑う。

「彼らを呼び出しておいたから、話を聞こう」

「いやー、そりゃ彼女を恋愛対象に見れませんよ」

四十四歳、可愛い一人娘を溺愛していると噂の教師が言った。

「だって自分の子と同じぐらいの歳の子にそんな気持ちになれないでしょう。子供だ可愛いな〜とは思ってもそんな気持ちにならないですよ」

素晴らしい回答である。ぜひとも全人類彼のような人間になってほしい。

「ええっと、僕は……」

おどおどした男子生徒が口を開く。

「僕……女性恐怖症で……彼女に惚れるとか以前の問題だから……」

彼は私の視線から逃れるように顔を背けた。プルプルしているのを見ると本当に女性がダメなのだろう。私はなるべく彼から距離を取った。本当はもっと離れてあげたいが、部屋の中にいることだけは許してほしい。

「俺は他に好きな人いるから！　その人以外目に入らないんだ！」

熱い人だ。ぜひとも想いを遂げてほしいが、愛がちょっと重すぎる気がする。

「なるほど……」

リュスカが納得したように頷いた。

「何かわかったの？」

私はわからなかった。

「確証はないけど……多分」

リュスカが全員を見て言った。

「ベラに女性としての好感を少しでも抱いたかどうかじゃないかな」

女性としての好感……？

言われて考えてみれば、確かに今この場にいる人たちは、誰もベラに対して女性として好感を抱いていない。

教師はおそらく子供のようにとしか見ていないし、一人は女性恐怖症でそもそも無理。もう一人は好きな人以外おそらく女性が目に入らない。

リュスカも初めからタイプでないと言っていたから、好感を抱かなかったのだろう。

「アーノルド殿下は？」

「自分の弟誑かす女に好感抱くわけないじゃないか」

ごもっとも。

「ベラは見た目はいいから、普通の人だったら異性として好感を抱くことが多いかもしれない。しかも、自分に本気で惚れ込んでなくても、好感を抱いた人間を言いなりにできるのなら、あの逆ハーレム状態も納得だわ」

クラスで自己紹介したり、廊下ですれ違うだけで、相手をどうとでもできる状況だったのだろう。

「あくまでそうだろう、という仮定だけど。これぱかりは本人がどうやっているのか詳しく調べないとわからないから」

さっき逆ハーレム要員を捕まえていたときは、ただ近付いて話しかけただけに思えたけど、もしかしたら何か方法があるのかもしれない。

「あのー……」

教師が申し訳なさそうに手を上げる。

「我々はもう帰っていいかな……」

「あ……」

もう話すことも終わり、みんな帰りたそうにしている。

ごめんね、みんなにはわからないだろうことで盛り上がって放置して……。

「時間取らせてすみません！　どうぞお帰りください！」

私は慌てて教室の扉をあけて、協力してくれた人たちを見送った。

「ん？」

みんなを見送って一息吐いたとき、窓の外を見ると、そこにはベラがいた。先ほどの男子生徒と一緒に談笑している。

と、そこにオーガストが現れた。

「補習を早く終わらせられたんだ……」

私と婚約している間は私にやれと言ったり逃走したり、とにかくやりたい放題だった。もちろん最終的にやらせたけど、こんなに早く終わらせたことはない。

オーガストはベラの手を取ると、そこから移動する。

「ベラに気がある人間がいるのが気に入らないのね」

逆ハーレム状態はいいのに、一対一で男と会うのはダメなようだ。

オーガストはベラに何事かを話しかけ、笑顔になった。

「ああいう顔もできるのね」

こうして改めて見ると、私とオーガストの相性は最悪だったのだろう。オーガストがあんな穏やかな顔をしたことはないし、仮に私が誰か男性と一対一で会っていても、オーガストは我関せずだっただろう。

しかしそれはオーガストだけではなく、私にも言えることだ。

「――改めて考えても、私とオーガストはお互いに結婚しちゃいけない相手だったわね」

そう考えると、この状況にしてくれたベラには感謝しなければ。

あとは私を嵌めようとしなければ完璧だったのに。

「オーガストくんが気になるの？」

窓の外を見ていた私の後ろから、ひょっこりリュスカが顔を覗かせた。

「わ！」

驚いて思わず後ろに下がろうとするが、そもそも後ろにリュスカがいる。

私はそのままリュスカにぶつかった。

「あ、ご、ごめん」

自分から身体を密着させにいったような形になってしまって、私の頬に熱がこもった。

慌てて離れようとするが、リュスカが腰に手を回してきてギョッとする。

「ちょ、ちょっと！　リュスカ？」

私は慌てて腰に回った手をどかそうとするが、リュスカがギュッと抱き着いて来て叶わない。

ひい！　密着しすぎて息！　リュスカの息が首にっ……！

「なんで見てたの？」

「え？」

「なんでオーガストくんを見てたの？」

リュスカが笑顔で訊ねてくる。

「なんで……なんでって……たまたま目に入ったから……？」

本当にたまたま見たからなので、それ以上に言いようがない。

しかしリュスカは納得していない様子だった。

「本当に？　――オーガストくんだったからじゃなくて？」

？　何が言いたいんだろう。

確かに視界に入ったのがまったくの見ず知らずだったら見なかったかもしれない。そういう意味ではオーガストだったからと言えるけど……。

「えっと……どういうこと？」

わからないので正直に訊ねると、リュスカがムスッとした顔をした。

「だから……オーガストくんにまだ気があるのかなと思って」

「……はい？」

待って、待って待って。

「『まだ』って何⁉」

「え、そこ⁉」

大事なところである。

だって絶対とんでもない勘違いされているもの！

「私、オーガストのこと好きだったことなんて一度もないんだけど！」

「え、そうなの？」

「そうよ！」

とんだ誤解過ぎる。私は少しでもオーガストが好きだと思われていることが許せなくて、懸命に説明する。

「そもそもあいつがもっと賢ければ私が婚約なんてすることなかったし、王様代理できるようにびっしり勉強詰めの毎日送らなくてよかったはずなのに……！　それなのにあいつ……しなくてよかったはずの努力をしている私にいつも『勉強ばかりの頭でっかち』って言ってきたのよ!? きぃ！

今思い出しても腹が立つぅ！」

オーガストへの不満を一気にぶちまける。

六歳だ。六歳のときからオーガストの——正確に言うならオーガストを王太子にしたい国王陛下のせいで、ずっと我慢の連続だった。

なのに当の本人はそんな苦労を知らずにのうのうと……。

苦労している私に寄り添うどころか、会えば気に入らないと文句ばかり。

私だってあなたと婚約なんかしたくなかったわよ！

「そうなのか……」

リュスカの声でハッと我に返る。

しまった。思わず思いの丈をぶちまけてしまった。

「あ、あの……まあそういうわけで……」

何がどうそういうわけなのかわからないが、私は濁すことにした。

というか、今私何を言ったかしら。興奮してよく覚えてないわ。すごい暴言までは吐いてないわよね？ きっとセーフよね？

いつの間にか腰に回る手が緩んでいることに気付き、そっと抜け出す。

よ、よかった……心臓が破裂するかと思った……。

異性と触れ合うことなんてほとんどなく生きてきたのだから、お手柔らかにお願いしたいわ、本当に。

私はそっとリュスカの様子を窺うと、リュスカはこちらを見て優しく微笑んでいた。

「そうか……そうか。オーガストくんのことはそんなに嫌いか」

「ええ、とても」

いらぬ苦労をさせられた相手だから。

本人もアレだし。

「ならいいんだ。うん」

リュスカは何か納得した様子で頷いている。

「でも……」

でも、なんだろう。

リュスカがせっかく開いた距離をまた近付けた。

ひい！　顔！　美麗な顔がすぐそばに！

「でも俺のこともっと考えてくれないと」

「へ？」

「君の手伝いをしてるけど、その間俺とのことも考えてくれる約束だっただろう？」

「………あ」

そ、そういえば、そういう話だった気が……する……。

婚約について考えてくれって……。

そういえば私、リュスカにプロポーズされてるんだった！

「あ、あの、そのあの！　考えてないわけじゃなくてですね……！」

往生際の悪い言い訳をしようとする私に、リュスカが笑う。

「うん。考えてないわけじゃないけど、もっと意識することが必要だよね」

にこにこにこにこ。

リュスカの笑顔がなぜか怖い。

「アンジェリカ」

「は、はい」

「デートしようか」

デート。

デート、とはあのデートだろうか。

妙齢の男女がお互い仲良くなるためにおでかけする、デートのことだろうか。

いや、他にデートってないでしょう、そのデートでしょう、落ち着いて私！

「でででで、デートって！」

ダメだ全然落ち着けない！

「デートはデート。たまには婚約破棄のことなんて忘れて街に出よう」

リュスカが笑みを浮かべる。

「楽しみだね、アンジェリカ」

顔を真っ赤にした私。楽しそうなリュスカ。

「俺は空気俺は空気俺は空気」

そして必死に気配を消しているアーノルドがいた。

第五章　デート

「大変よ、アン！」

私は学園から戻ると慌てて自分の専属メイドに飛びついた。

「あら、どうしたんですかお嬢様？　またあの馬鹿が何かやらかしましたか？　殺しましょうか？」

無表情で淡々と言う。

アンは普段から表情が乏しいが、今回物騒な言葉が入っていたから一応止める。

大事なメイドに罪を犯させるわけにはいかない。せいぜい呪うだけで済ませてほしい。

「いえ、あの馬鹿はただ馬鹿なだけで何もしてきてないけど……それより！」

私はアンの手を握った。

「デデデデ、デートに行くことになったの！」

アンがピシリと固まった。

「アン？」

「それは……」

普段無表情のアンが笑みを浮かべた。

「それはどこの馬の骨です？　あの馬鹿のせいでお嬢様の男性の基準が馬鹿じゃないことになっていそうなので心配していましたがとうとう……で、その馬の骨は今どこにいます？　消します」

「待った待った待った待った待った！」

恐ろしいことを言いながらどこから出したのかフォーク片手にそう言うアンを必死に止める。

というかフォーク!?　フォークで殺ろうとしてるの!?

「スコレット公国の公子！　三男のリュスカ様！　身分しっかりしてるから！　あやしい者じゃないから！」

というか、向こうのほうが格上だから！

アンは私の言葉を聞いて、「スコレットの……」と言いながらフォークを胸元に仕舞った。

待って、そのフォーク普段からそこに入れてるの!?

「そんな大国の大物をお嬢様がどうやって……はっ、もしかして！」

アンが無表情のまま言った。

「……残念ながら色仕掛けではないですね？」

「主人に失礼すぎない？」

私の胸を見ながら言うアンにちょっとだけ殺意が芽生える。

あるのよ、並みには。アンがボインなだけで！　というかそんなに大きいからフォークも隠しておけるのね！

「それで、デートがどうしました？」

「それがその……私、街にデートにいけるような服あったかなって……」

「そんなのあるに……」

アンは言葉を止めた。

そのまま私の部屋に繋がっている衣裳部屋を開けると、色とりどりのドレスや装飾品が現れた。

そう、パーティーや夜会用の。

「……そういえば、お嬢様は」

「街に行った記憶がないわね」

六歳の頃にはオーガストの婚約者になってしまい、王の代わりとして学ぶことが多すぎて、ほとんど遊ぶ時間もなかった。

だから街に遊ぶに行くなんてしたことないし、服も社交で必要なものだけ。それも店に見に行かないで、家に呼んで採寸などしていた。

未経験、街。

「街に行くのにこのドレスじゃちょっと派手よね……？」

私は夜会用のドレスを触りながらアンに訊ねた。

「そうですね。ちょっと不向きでしょうね。デートだと歩くでしょうから靴もこれだと……あと日差しを避けるために帽子もないと……」

「……どっちもないわね」

アンとともに途方に暮れる。

「デートはいつの予定ですか？」

「来週」

アンはそれなら、と提案した。

「明日街に行って必要なものを揃えましょう。さすがに来週ではオーダーメイドの服は無理なので、既製品に少し手を加えてもらえばいいでしょう」

「でも明日着ていく服がないわよ？」

「それは制服でいいでしょう。実際制服で街を歩いている学生は多いですよ」

そうなのか。全然行かないから知らなかった。

「ならデートも制服でも……」

「なりません」

アンが目を鋭くする。

「お嬢様、デートですよ、デート！　それも人生初！　あの馬鹿はお嬢様をデートにも誘わなかったから！」

「誘われても忙しかったから行かなかったと思うわ」

今はもう必要な知識はほとんど手に入れて、予習復習するぐらいだから時間的には余裕があるが、昔はそうでもなかった。正直言うと、たまに設けられるオーガストとのお茶の時間も煩わしかったぐらいだ。そもそもお互い嫌い合ってるから話すことなかったし。

懐かしいな。険悪な雰囲気にお城のメイドたちがいつもおろおろしていたのを覚えている。

「そういう問題じゃないんですよ！　あの馬鹿にお嬢様を思いやる気持ちがないというのが大問題なんです！」

アンは遠慮なくオーガストを馬鹿馬鹿言う。それだけあの馬鹿が嫌いなのである。

「あの馬鹿のせいでお嬢様がいらぬ苦労をすることになったというのに！　あの馬鹿が少しでも賢かったり勉強する気があればお嬢様は王妃教育だけでよかったたし、そもそも婚約していなかったのに……！　大体……」

アンがヒートアップする。

「帝王学を学ぶ妃予定者って他に存在します⁉」

「いないわね、おそらく」

だってお妃様には必要ないもの。

「王様にも腹が立つんですよ。自分が息子をしっかり教育しなかったツケをお嬢様に払わせるなんて！」

「でもそれで実質私が王になるってことは国一つもらえるってことだし、太っ腹かも？」

「お嬢様？」

「ごめん冗談冗談」

別にもともと国とか興味なかったしね。

「お嬢様もお嬢様です。あっさり状況を受け入れて」

まずい。アンの怒りの矛先が私にも向いてきた。

「あ、明日はアンと久しぶりのお出かけね！」

私の言葉に、アンはわずかに微笑んだ。ほとんどの人には相変わらずのポーカーフェイスに見えるだろうけど、長年ともに過ごしている私にはわかる。

アンは確実に怒っている。

「明日っ、アンと街に出るの楽しみだなぁ！」

私はもう一度テンション高めにして言った。

「男と行くほうが楽しみなくせに」

アンが憎まれ口を叩くが、満更(まんざら)でもなさそうだ。よかった、テンション大事！

「街についたら色々買いましょう」

「必要なものだけでいいんだけど」

「いけません！　せめてセン屋のパンを食べてください！」

アンの一押しなんだな。

「あ」

「あ」

最悪だ。

アンと街に出ていると、会いたくない人間に会った。

「ベラさん……と、オーガスト……」

二人は腕を組みながら宝石店らしき店から出てきた。明らかにベラに貢いでいる。

というか、護衛が見つからないんだけど、まさか護衛を撒いてきたの？　信じられない！

次期王として命を狙われることもあるのに、本当に馬鹿！

「オーガスト！　護衛はきちんとついていてもらうようにいつも……」

「あーはいはい！　相変わらずうるさいな。少しぐらい自由にしてもいいだろう？」

いいわけがない。

ベラが私とオーガストを見てにやりとする。

きっとオーガストがいるから口に出さないが、「あなたそんなだから捨てられるのよ」と思っているに違いない。

別にオーガストにどう思われようと構わないけど、ベラのこの反応はイラッとする。

さすが女に嫌われる女。

「アンジェリカ様もお買い物ですかー？」

ベラが優越感たっぷりの表情で見てくる。ここぞとばかりにオーガストの腕に抱き着いているけど、別にそれは羨ましくない。むしろお断りする。

「ええ、まあ」

私は早く去ってくれないかなと思って言葉少なに返事をした。

しかし当然去ってくれない。

ベラはわざとらしく悲しそうな表情をする。

「あれ、アンジェリカ様、制服……もしかして、街に出る服がないのでは？」

目ざとい女だ。きっと嫌な姑になるに違いない。

「オーガスト様、アンジェリカ様をデートに誘ったことないんですか？」

あるはずがない。お互い嫌い合っているのに、なぜデートにいかねばならないのか。

「ああ。ない」

「まあ！　なんて可哀想なアンジェリカ様……」

ベラは優越感たっぷりな表情でこちらを見る。しかし的外れすぎて全然悔しくならない。

だってオーガストとデートなんてしたくないもの。

「お嬢様、お待たせしました」

そこでオーガストたちなど視界に入らないという様子でアンが紙袋を抱えて戻って来た。

「アン、買い過ぎじゃないの？　いくらおすすめのパン屋だからって」

「お嬢様にぜひ食べていただきたく。すべてがおすすめなんです、すべてが」

アンがやや興奮気味に言う。他の人はおそらく興奮していることなんてわからないけど。

「使用人とお出かけですか？　アンジェリカ様、可哀想に……」

アンがピクリと反応する。

「なんです？　何が可哀想なんです？」

「え？」

「もっと具体的に仰っていただかないと。何がどう、可哀想なんです？」

「え？」

反論してこないだろうと踏んでいたメイドからの追撃に、ベラは戸惑いの声を上げる。

「使用人と出かけることの何が可哀想なんです？　ほら、どういう風に可哀想なのか、言葉にした以上、説明できるでしょう？」

「え、えっと……」

ベラは言い淀んだ。

具体的に言えないのだろう。「使用人としか出かけられないなんて、なんて可哀想な女なの。こっちはデートしてるのよ、羨ましいでしょう」なんて、男の前で猫を被っているベラが、オーガストの前で言えるはずない。

私からしたらオーガストとのデートは罰ゲームなので、羨ましくともなんともないのだが。

「ベラに何するんだ！」

オーガストがベラとアンの間に入る。アンがオーガストを睨み付ける。

「何もしていませんが？　そこから見ていて話をしているだけなのがわかりませんか？　しかも先に突っかかってきたのはその女性ですが？」

オーガストが口ごもった。オーガストは昔からずかずかものを言うアンが苦手である。

ベラが「なんなのこいつ、使用人の分際で！」と言いたそうな表情をしている。しかし言えないだろう。男の前で変なキャラクターを作るからいけないのだ。ご愁傷様。

「オーガスト様、帰りましょうか」

「あ、ああ。そうだな……おいアンジェリカ！　調子に乗るなよ！」

あの馬鹿にはどこが調子に乗っているように見えたのだろう。

わからないがそう捨てセリフを吐いて、二人は去って行った。

いやなんのために絡んできたのよ。

「なんなんですかねあの馬鹿たち」

「わからないわね。馬鹿の行動なんて」

多分彼らの行動を理解できる日は一生来ない気がする。

「まあ興を削がれましたが……お嬢様」

アンが馬車の中にパンを入れる。

「これからが本番ですよ」

アンがやる気に満ち溢れている。

「お嬢様の良さを引き出し、お嬢様の美しさに負けない服を探さなければ……！」

「アン、ちょっと親馬鹿ならぬ主人馬鹿が過ぎるわよ」

「それぐらいがちょうどいいのですよ、お嬢様」

ノリノリなアンによって、想像より多く買ってしまうことになるのだった。

◇◇◇

「き、緊張する……！」

デートである。

アン一押しの、紺色に金の刺繍があしらわれ、裾にレースもついたワンピース。腰部分はリボンできゅっと締められ、スタイルも良く見せてくれる優れものだ。

日よけ帽子もワンピースとおそろいだ。アンがブローチで飾り付けるアレンジをしてくれたので、華やかである。

靴は動きやすいように革靴で、初めて履くからドキドキしたが、実に歩きやすい。これなら街を散策しても大丈夫だ。

街に行くからと、アクセサリーは控えめながらきちんと綺麗に見えるようにアンが選んでくれた。

「完璧です、お嬢様」

最後にアンからの太鼓判をもらい、待ち合わせ場所に向かった。

ちなみにアンはお留守番である。

待ち合わせ場所に着くと、すでにそこには相手が待っていた。

「お、お待たせ！」

ドキドキしながら声をかけると、本を読んでいたリュスカが顔を上げる。

そして驚きの表情を浮かべる。

「アンジェリカ……」

え？　何その反応。そんなに似合ってなかった？

アンからは最高と言われたし、私も見た感じ、なかなか自分に似合っているのではないかと思ったんだけど……。

「可愛い！」

思わず自信が無くなった私にリュスカはちょっと口元を押さえながら言った。

「でも可愛くて出かけるのが惜しくなっちゃうな……いや出かけるけど……」

褒められたらいいなとは思っていたが、実際褒められると恥ずかしくてどうしたらいいかわからない。

私は照れながら地面を見るしかなかった。

「いや、この状況何？」

するとリュスカの隣にいたアーノルドが口を開いた。

「デートなんだよね？　合ってる？　合ってるよね？　じゃあ、どうして俺たちがいるのかな？」

俺たち、という言葉の通り、ここにはもう一人いる。

「あの……私もなぜいるのかわからないんですが……」

もう一人の人物、デイジーがそっと手を上げた。

「俗にいうダブルデートというものです」

「いや概念は知ってるけど。どうしてダブルデートしようと思ったの？　もともとダブルデートの予定だったとかならともかく、そうじゃないなら二人だけでデートするべきだと思うんだ、俺」

そうだけど。

「そう言いながら来てくれたじゃないですか」

「押しが強かったもん。断っても何度も誘ってきたのはそっちじゃないか」

リュスカにデートに誘われたはいいが、私に男性と二人きりでデートする勇気はなかった。どうしようか考えたとき、その場にいたアーノルドを見て思った。

そうだ。ダブルデートしようと。

嫌だ行かないと渋るアーノルドを三時間説得し続け、なんとか約束を取り付けた。一方的だったけど、約束は約束だ。

そしてデイジーにも声をかけ、デイジーもちょっと渋っていたが、こうして来てくれた。

「これリュスカ本当に納得してる？　あれ『邪魔だなぁ、消えてくれないかなぁ』という顔で俺のこと見ている気がするんだけど」

「気のせいです」

「いや気のせいじゃな……」

「気のせいです」

私は気のせいで押し切った。

実際リュスカはアーノルドに笑顔で圧を与えていたけど、口には出してないから、気のせいということにしておこう、うん。

「それにデイジー可愛いでしょう？」

私の言葉にアーノルドは「うっ」と言葉に詰まった。

アーノルドはベラが苦手だ。好みじゃないと言った。しかし、私のような気が強い女もタイプではなさそうだ。

ベラのような二面性はないけど、愛らしい女性。

おそらくデイジーがタイプだと踏んだけど、どうやらビンゴだったらしい。

「これをチャンスだと思ってくださいよ」

「チャンスって言われても……俺引きこもりだったから女性にどう接したらいいか……」

「私も女性ですけど？」

「アンジェリカさんは……ほら、なんか枠が違うから……」

枠が違うってなんだ。私はどの枠に入れられているんだ。

「二人とも、何をこそこそ話してるんだ？」

「わっ！」

リュスカが私とアーノルドの間に入り込み、笑顔でアーノルドを脅す。

アーノルドはすごすご私から離れて行った。

「まあ、こうなっちゃったものは仕方ないし、ダブルデート楽しもうか。デイジー嬢もアーノルドが嫌じゃなければ一緒に楽しんでくれるといいんだけど」

「い、嫌だなんてそんな……」

デイジーがアーノルドを見ながら頬を染めた。

おや、これはこれは……。

もしかしたら初々しいカップルが誕生するかもしれない。

私が恋のキューピッド成功の予感にほくそ笑むと、リュスカが私の手を取った。

「リュ、リュスカ？」

「アンジェリカはこっち意識して」

い、意識って……！

意識しまくりで困ってるんですけど？

リュスカに手を引かれながら歩くと、ある場所に連れていかれた。

「ここは？」

「ここのデザートが今カップルの間で人気らしいよ」
カ、カップル……。
照れながら私たちはこぢんまりした可愛らしい店の中に入った。

内装もシンプルでありながら、女性向けを意識したデザインで、女心をくすぐられる。

「どれにしよう……」

メニューを見ながら、迷ってしまう。

「何個か頼んでもいいよ。余ったら俺が食べるから」

「いや、そんなわけには……」

「じゃあメニューの端から端まで頼むけど」

「何個か選ぶので待っててください」

私は真剣に頼むものを選ぶ。そうしないと全部頼まれてしまう。

「えっと、じゃあこれとこれとこれを」

「了解」

リュスカがメニューを確認して頷く。その隣に座ったアーノルドがメニューを指差してリュスカに見せた。ちなみにデイジーは私の隣に座っており、男性陣とは対面するような座席になっている。

「俺はこれがいいな」

「自分で払え」

「俺冷遇されててお金ないよ」

「…………」

リュスカが仕方ない、というようにため息を吐いた。

「あ、あの！　私は自分で払いますので！」

アーノルドとリュスカの様子をソワソワしながら見ていたデイジーが言う。

「まさか。デートで女性に出させるわけにはいかないよ」

「でも……」

「大丈夫。ここは俺が出すから。こう見えてお金持ちだから」

そりゃお金持ちだろう。大国の三男様だ。

「デイジー、私が無理に誘っちゃったんだし、お金は気にしないで」

「でも……」

「ここは男性陣に花を持たせましょう？」

まあ、男性陣というか、花を持つのはリュスカだけだけど。アーノルドは金なしである。

「あ、そ、そうですね！　デートが初めてなので気付かず……！」

初々しい反応が可愛い。

デイジーの反応を見てアーノルドがにやけている。相当彼女のことをお気に召したらしい。

それならデイジーのためにも金なしでなくなるよう、王太子になることを前向きに検討してほしい。

「お待たせしました」

店員が注文した品を持ってくる。

私が注文したベリータルトにチーズケーキにモンブラン、そしてハーブティー。

それぞれ頼んだものが並び終わり、私はまずベリータルトから口にした。

口いっぱいに甘酸っぱさが広がり、ベリーの瑞々しさが感じられる。下のタルト部分との相性もばっちりで、サクサクした触感も味わいながら、ベリーの甘みも感じられる一品だ。

チーズケーキもチーズの濃厚さが舌で感じられ、それでいて口の中に入れるとまるで溶けるような触感が味わえた。

モンブランは栗の甘みがきちんと強調されるクリームになっていて、栗本来の味を味わえるように工夫されているのがよくわかった。

おいしい。すごくおいしい！

さすが人気店なだけある。納得の味である。

「気に入ったみたいだね」

リュスカがにっこり笑いながら言う。しまった自分の世界に入っていた。ちょっと恥ずかしい。

「ええ、とてもおいしいわ。レシピを教えてもらって作りたいぐらい」

「アンジェリカはお菓子作りするの？」

あ、しまった。

慌てて口を塞ぐが、漏れた言葉は戻って来ない。

興味津々な様子のリュスカに、私は渋々認めた。

「ええ、まあ……らしくもない趣味なんだけどね……」

自虐的に言うと、リュスカが首を傾げた。

「なんで？　別にらしくなくもないだろう？」

「そんな慰めなくてもいいわよ。こんな女の子らしい趣味、私に似合わないことくらい、自分が一番わかってるから」

そう、わかっている。

私に似合うのはペンと本。女の子らしいのは似合わないことくらい。

「それは誰かに言われたの？」

リュスカの声が低くなった。

リュスカを見ると、笑顔なのに怒っているのがわかる。

「え、あの……」

「オーガストくんが言ったんだろう？　本当にあいつは碌なことをしないな」

図星だった。

婚約した初期の頃。性格が合わないけれど、私なりにこのままではいけないと思い、色々したのだ。

そのうちの一つが手作りのお菓子を渡すことだった。

昔からお菓子作りが好きだったし、食べた人みんなから好評だったから、きっと喜んでくれるだろうと思って。

だけど――――。

「気持ち悪い。似合わないことをして僕の気を引きたいのか？　こんなもの食べるものか！」

そう言いながら、オーガストに作ったマフィンを地面に叩きつけられた。

後でオーガストが甘いものが苦手だと知ったけれど、それならそう言って断ればいいだけの話だ。

オーガストはその後もその話を持ち出しては、似合わない趣味を持っている、気を引こうとしている、とこちらの神経を逆なでし続けた。

思えばあの出来事で私はオーガストを見放したのかもしれない。

こいつは人としてダメだな、と。

「まったく変な趣味じゃないよ。俺はアンジェリカの手作りお菓子食べたいな」

変じゃない……。

なんだかんだでずっと気にしていたことを受け入れられて、私は嬉しかった。

気にしていないつもりだったけれど、やっぱり心にわだかまりが残っていたのだろう。

それがすっと溶けていくのを感じた。

「というか、オーガストくんにはあげたのに、俺にはくれないなんて、そんなことないよね？」

目、目が怖い。目が怖すぎるわリュスカ！

だけど、そんな目で見られても、私には勇気が出ない。

「無理！」

いくらわだかまりがなくなっても、そんなすぐに切り替えられない。

私の返事に、リュスカが残念そうな顔をする。

「仕方ない……アンジェリカが自分から作ると言ってくれるのを待つよ」

リュスカは納得したようで、目力を緩めてくれた。よかった……。

デイジーたちを放ってしまっていることに気付いて隣を見てみると、二人は二人で話を弾ませていてほっとする。相性は良さそうだ。

「わあ～！　これすごぉい！」

こ、このぶりっ子声は……！

私はまさかと思い声のほうを向く。

そこには予想した通り、ベラとオーガストがいた。

何でいるの？　デートしすぎじゃない？　そして私の前に現れすぎじゃない？

「これすごく大きい！　私に食べきれますかね……？」

ベラが大きな瞳でオーガストを上目遣いに見る。

「食べられる分だけ食べればいいよ」

「ですよね！　わーい！」

ベラが嬉しそうな声を上げて頼んだものにフォークを突き刺した。

その頼んだものは——ベラの顔が隠れてしまいそうなほどにたっぷりと生クリームの盛られた、十層パンケーキだった。

いや、十層!?　無理でしょう！　私も気になったけど無理だと思って頼まなかったもの！

案の定、ベラは十分の二ぐらいの量を食べたところで手を止めた。

いやそうなるよ！　無理だよ！

「オーガスト様、もう食べられません……」

ベラが明らかに作った困り顔でオーガストを見た。

「仕方ない。そのままでいいよ」

「でもこんなに残して……」

「大丈夫大丈夫。金は払うんだから」

オーガストが軽く言う。

いや、食べきれないものを頼むのはダメでしょう。確かにお金は払っているけど、マナーとして食べきれないものは頼まないものでしょう。

なんでそんなもの頼むのよ。どうせオーガストは甘いもの嫌いだから食べないのに！

こういう考えが合わないところも本当に嫌いだったな。

そう思っていたらパチリとベラと目が合った。

あ、まずい。ベラが私とリュスカが一緒にいるのに気付いてすごい顔してる。

ベラはそのまま立ち上がると、すたすたとこちらに歩いてくる。いや来なくていいよ、デートしてなさいよ！

「こんにちはー！　奇遇ですね、リュスカ様」

ベラがリュスカに笑いかける。こちらのことは完全無視である。

同じテーブルに座る人間が視界に入らないはずないのに、わざとらしくリュスカ以外の人間を排除しようとしてくる。

「ああ、人のデートを邪魔するほど、そちらのデートはつまらないのかな？」

ベラを追いかけてこちらにやってきたオーガストの耳にもその言葉は届いたようだ。

「なんだと!?」

オーガストが憤慨する。

「ベラは僕といるときが一番楽しいに決まってる。なあ、ベラ」

ベラはオーガストに答えず、リュスカに話しかける。

「リュスカ様、ご一緒していいですか？」

「いいわけないだろう。人のデートの邪魔をするって非常識にもほどがあると思わないか？」

正論である。

「オーガストくん。彼女は未来の君の妻なんだろう？　いいのか、その未来の妻が他の男に色仕掛けしている現状は」

オーガストが顔を赤くする。

「そ、そんなの……ただお前の相手をしてやっているだけだ。そうだよな、ベラ！」

ベラは先ほどからあえてオーガストの言葉を無視している。

というか、この状況で無視できるの面の皮厚すぎる。

話しかけてくることに関してもだけど、どういう神経をしていたらデート中に他の男に色目使えるんだ。

そしてどうしてオーガストはこんな扱いされても目が覚めないんだ。

「あたし、リュスカ様にも興味があるんです」

お付き合いしている相手がいるのに、しかもその相手は今隣にいるのに、そんなことを平気で言ってしまうところにドン引きである。

「悪いけど」

リュスカが目を細めた。

「俺は食べ物を粗末にする人間は嫌いだね」

リュスカがさっきまでオーガストたちが座っていた席に視線をやる。

「あ、あれは仕方ないじゃないですか！　あんなに食べられないですもん！」

「だったら頼まないべきでは？」

「食べてみたかったんです！」

「じゃあせめて余った分を持ち帰るか何かしたらどうだい？」

「作りたてじゃないとおいしくないじゃないですか」

ベラが「何言ってるの？」という顔をする。これは自分が変なことを言っていないと確信している顔だ。

人それぞれの考え方があるから、間違っているとは言えない。言えないけど……。

「オーガストくん、ずいぶん彼女を甘やかしたみたいだね」

私が思っていたことと同じことをリュスカがオーガストに言った。

「大方君が、食べ物は出来立てでないといけない、満腹になったら残したらいい、とか彼女に教えたんだろう。男爵家の娘にしては贅沢な思考過ぎるからね」

「……別にいいだろう！　金は出しているんだから！」

図星だったようだ。確かにお金さえ払えば店側に損はない。だけど……。

「俺はお金を払っているとしても、残したら申し訳ないという気持ちは持っているのが美徳だと思うよ。君も王族なら、そういうところは気を付けたほうがいいよ」

リュスカが忠告する。

「全身からいやらしさが出ているからね」

「なっ！」

私から見ると、いやらしさというか、人間としての器の小ささが出ている。

「大国の息子だからって偉そうにしやがって！」

「実際偉いしね」

リュスカがさらに煽るようなことを言う。

オーガストは今まで次期国王ということで甘やかされてきた。自分が一番上の地位にいる。ずっとそう思って生きてきたはずだ。

それがリュスカの登場によって、自分より上がいると知った。相当な屈辱だっただろう。

だからリュスカが気に入らないのだ。

「ベラ、行くぞ！」

「え、もう少し……」

「いいから！」

オーガストがベラを引っ張って店を出て行った。

今回は負け犬の遠吠えはなかった。

「何あれ怖い」

アーノルドが腕を摩る。

「この間この人と婚約する！　ってオーガストに言っていた女が、オーガストをキープしながらリュスカくんにめちゃくちゃ粉かけてる。怖い。女怖い」

「ぜ、全員が全員、ああじゃないですから！」

デイジーのフォローに私も頷く。

「そうよ。あんなのが普通と思われたら困ります。それに、あの子が粉かけているのは、アーノルド殿下にもでしょう？」

アーノルドがあからさまに嫌そうな顔をする。

「そうなんだよ……あんなにお断りです！　って対応したのに、いまだに俺のところにも来るんだよ……すごく自信に満ち溢れた感じで……なんであんなに自分が選ばれると思えるのか……怖い。怖すぎる」

ベラは何度そっけなく接しようが、はっきり拒絶しようが、あきらめないらしい。

その根性を他のことで使えばいいのに。

「あの俺の目を覗き込んでこようとするのも気持ち悪い」

アーノルドは本当にベラが嫌いみたいだ。

ベラたちのおかげで変な空気になってしまった席で、リュスカが手を打ち鳴らした。

「さ、気を取り直して」

リュスカが声を上げる。

「デートの続きをしようか」

次に私たちが来たのは服屋である。

先日アンと来た店でないことにほっとする。

ああでもない、こうでもない、とアンがとても時間をかけたので、店員に顔を覚えられただろう。

もし同じ店に案内されたら気まずい思いをしたはずだからよかった。

以前アンに案内された店もよかったが、こちらも負けず劣らずいい商品が揃っていた。

あんまり街に行く服を持っていないので、また買うのもいいわね。

私は動きやすくて、今の格好が気に入っていた。とくに靴がいい。歩きやすい。

「今の服もいいけど、気に入ったのがあったら言ってね」

この紺色のワンピースのこともきちんと褒めるところがリュスカのすごいところだ。オーガスト
ならそんなことにまで気が回らない。絶対。

「あ、ありがとう……」

私は照れながらお礼を言う。今までそういったことを褒められず、むしろ「似合わない」だの「服に着られている」だのばっかり言われてきたので純粋に嬉しい。

というか改めて考えてもあいつ最低だな。人として。

私は店内をぐるりと回るが、こうして服を選んだ経験が乏しいのでどうしたらいいかわからなくなってしまった。前回はアンが張り切っていたからどうにかなったけど……。

「いいのありました？」

デイジーが訊ねてくる。

「どれが自分に似合うかわからなくて……」

私が困っていると、デイジーが言った。

「自分が着たいものを着ればいいんです！　あ、これとかどうですか？」

デイジーが手にしたのは、ピンク色の愛らしい服だ。

「え……でもそれは私には可愛らしすぎないかしら？」

私はどちらかと言えば綺麗めなドレスを着ることが多い。顔立ちが愛らしいより綺麗と言われることもあり、おそらくそのほうがいいのだろうと思って。

「でもこれを見てましたよね？」

図星である。

綺麗なものも嫌いではないが、私は可愛らしいものも好きなのである。

ピンクなどの暖色系も好きだし、レースも好きだし、リボンも好きだ。動物も大好きだし、弟がアレルギーでなければ、きっと猫を飼っていたと思う。

「で、でも……」

「好きなデザインなんでしょう？」

私は口を噤んだ。その通りだからだ。

「あとこれとこれとこれと」

デイジーはてきぱきと私が気にしていた服を手に取っていく。この子、よく見ていたわね。

商売は洞察力がなければできないというし、できる商売人の子供なだけある。

「さ、これ試着してみてください！」

デイジーは私を試着室に押し込むと、そっと試着室の中に服を置いていった。

「実際着てみるとまた違いますからね！　ぜひ楽しんでください！」

まるでデイジーがこの店の店員のようだ。

私は少しおかしくなって笑った。

「好きなものを着ていい、か……」

私はピンクの服を手にする。

「やっぱりかわいい」

似合わないかもしれないけど、着るだけならいいわよね。
私はドキドキしながら着替えようとし——
視界が暗転した。

第六章 誘拐

「うっ……」

気分が悪い。

私はうっすら目を開けた。

すると、ぼんやり人影が見える。

「あら、起きた？」

この声！

「あなた、ベラ!?」

そこにいたのは、ベラだった。

「ご名答～」

ベラは楽しそうにこちらを見ている。

「あなた、こんなことしてただで済むと……！」

「そういうのはこの状況を脱却してからのほうがいいと思うわよ？」

ベラに言われて改めて自分がどんな状況が見てみると、私は手足を縄で縛られ、床に転がされていた。場所はおそらくさっきの服屋から移動されているのだろう。まったく身に覚えのない、倉庫のような場所にいた。

「……せめて身体を起こしてくれない？　話しにくいわ」

「なんで私が？　あなたが自分で起きなさいよ」

ベラは本当に手を貸してくれる気がないようで、じっと私を見ているだけだ。

私は仕方なく、腹筋を使って身体を起こそうとする。手足を縛られた状態だとバランスが取りにくく、起き上がるのに何度も失敗しながら、なんとか身体を起こしたときには疲れ切っていた。

失敗して倒れたときあちこち打ったから多分身体中あざだらけだ。

「起き上がるだけでずいぶん時間かかったわね」

ベラが笑いながら言う。

「せめて足を外してくれたらもっと早く起き上がれたんだけどね」

私の嫌味に、ベラがギロっと私を睨み付ける。

「こんな状況でもよく減らず口叩けるわね。自分がこれからどうなるか不安じゃないの？」

「あなたも不安じゃないの？　私にこんなことしたら、さすがのオーガストもかばい切れないわよ？」

もうこれはただのいたずらでは済まない。立派な拉致監禁であり、犯罪行為だ。

おそらく今頃一緒にいたリュスカたちが探してくれているだろうし、この犯罪をもみ消すのは難しいのではないだろうか。

「大丈夫。あたしは誘拐に関わってないことにするから」

「……？　どういうこと？」

ベラが笑う。

『俺たちがやりました』……そう証言してくれる人間がいるってことよ。あたしは一切関わっていない。何があってもそう言い張ってくれる人がね」

嘘でしょう……？

そう証言するということは、ベラの罪をすべて肩代わりするということだ。

いくらベラに惚れ込んでいても、自分が犯罪者になってまでそう証言する人間なんてそうそういないはずだ。

しかもベラは『俺たち』と言った。私を運び出すために他に共犯者はいるだろうと思ったけれど、複数人いるってこと……？

「というわけで、あたしは見つからないうちに帰るわ」

「え……!?」

ベラはまるでもう私に興味がなくなったように、スタスタと出口へ足を向ける。

「ちょっと！」

捕まえるだけ捕まえて後は放置ってこと？

「心配しないで。あたしがいなくなっても寂しくないわよ」

ベラが倉庫の扉を開けながら微笑んだ。

「すぐに人が来てくれるから」

そして私を顧(かえり)みることなく出て行った。ガチャリ、と音がしたから、きっと鍵をかけていったのだろう。

「最悪」

なんて女なの。

ただの男にちやほやされるのが好きなゆるふわ女じゃなかった。自分が一番になるためなら手段を択ばない自己中心的な女だった。

人が来ると言っていた。あの言い方では、私にとっていい人間ではないだろう。

「急いで逃げないと」

手足は縛られている。しかし……。

「あの子が縛ったのかしら。この縛り方なら……」

私は深く息を吸う。

「よし！」

私は自分の右手の親指の関節を反対の手で握り、そして――。

ポキッ！

関節を外した。

「っ！」

多少痛むが問題ない。

私はそっと右手から縄を抜いた。自然と縄は解け、左手も解放される。

自由になった手で足の拘束も外し、一息吐く。

「私の今まで受けてきた教育も無駄じゃなかったわね」

私は王妃教育だけでなく、王になる教育も受けていた。王は危険と常に隣りあわせだ。自分の身を守る手段も身に付けなければならない。

こうした拘束されたときの対処もその一つだ。

「なんでこんなことまでと思ったけど、今は学んでおいてよかったと心底思うわ」

人生無駄なことなどないのだなと実感した。

「んっ！」

私は外した親指の関節を元に戻す。

「これ、できればもうやりたくない……」

もう二度とこのような目には遭いたくない。

これが最初で最後になることを祈りながら私は立ち上がった。

「さて……」

問題はどうやってここを抜け出すかだ。

窓はないし、唯一の出口であろう扉は、先ほどベラによって鍵をかけられてしまった。

「今ここから抜け出すのは難しいか……」

できればベラの手下たちが来る前に逃げたかったが、無理そうだ。

となると、できる選択肢は一つしかない。

手下が来たときに逃げる。

と、そのとき、倉庫の外から足音が聞こえてきた。数人の話し声も聞こえる。そういえばベラはさっきの話で『俺たち』と言っていた。つまり今回ベラに手を貸したのは一人ではなく複数人だ。頼むからあまり大人数でありませんように。

そう祈りながら、私は慌てて足に軽く縄を絡め、手にも縄がされているように偽造し、その場に座った。

扉がガラリと開く。

「お、起きてるね」

ガラの悪そうな男たちが中に入ってくる。

数は一、二、三……五人。少し多いわね……。

見た感じ学園の生徒ではなさそうで安心する。

ということはどこか街で見つけてきた連中だろうか。

「あなたたち、こんなことして無事で済むと思っているの？」

これはもう犯罪行為だ。見つかれば当然牢屋行き。さらに私の公爵令嬢という身分も相まって、より罪は重いものになるだろう。

「それがどうした」

しかし彼らはそうなることを恐れない。

「それがって……一生日陰暮らしになるかもしれないのよ!?」

学生ではなさそうだが、比較的若い連中だ。まだ未来ある年齢なのに、ベラにお願いされたからって、人生を棒に振るようなことをしなくてもいいはずだ。

「今逃がしてくれれば、私は今日のことに目を瞑(つぶ)るわ」

嘘だ。実際は犯罪を犯した彼らを無罪にする気はない。何も罰を受けなかったとなると、彼らが味を占めて同じような犯罪を犯すリスクがあるからだ。

だけど、この犯罪がベラによるものなら、その部分を情状酌量(じょうじょうしゃくりょう)できるようにしてあげる手筈(てはず)ぐらいは考えてもいい。

「そんなこと望んでない」

しかし私の提案は、連中のリーダーらしき人物にあっさり退けられた。

「じゃあ何を望んでいるの？」

誘拐で定番なのは金だが、彼らは何を求めているのだろう。

すると、リーダー格の男が頬を染めた。え、何?

「俺はあの人の役に立てるならそれでいいんだ……」

あの人……。

あの人って、もちろんベラよね……?

この人たち、本当にそれだけのために私を誘拐したってこと⁉

「俺もだ」

「あの人の願いならなんだってできる」

「役に立てるのが幸福なんだ」

彼らは口々にベラを崇めるようなことを言う。

「彼女とは付き合いが長いの？」

「いや、今日会ったばかりだ」

「今日？」

やっぱりおかしい。

その日に会った人間のために罪を犯そうなど普通の人間は思わない。それもみんながみんな同じようなことを言う。

――やっぱりリュスカの言うように、催眠術か何かかけられているのかしら。

ここまでくると、そうとしか思えない。ただベラの容姿だけに釣られているのではないだろう。

ここを抜け出したら、もっとベラについて調べないと。

「それで、私をどうするつもり？」

リーダー格の男が笑った。

「売るよ。他国の好き者ジジイにな」

「なっ！　ふざけないでよ！」

「ふざけてねぇよ」

男は声のトーンを変えずに言った。

「あの人のお願いだ。あんたを遠い国の気持ち悪いジジイに売って来てくれって」

開いた口が塞がらない。

ベラ、あんたなんて命令を下してるの！

「ただの誘拐ならまだしも、そんなことしたらあなたたちその首、無事じゃ済まないわよ⁉」

確実に死刑になるだろう。

しかし、この中の誰もそれを恐れていない様子だった。

「それがどうした。俺たちはそんなことどうでもいい」

リーダー格の男が近付いてくる。

「俺はあの人が喜んでくれるなら死んでもいいんだ」

背筋に悪寒が走る。

おかしい。こんなの狂ってる。

みんなして正気ではない。ベラのために死んでもいい？　どうやったら相手にそこまで思い込ませることができるの⁉

「さて、あまり遊んでる時間はないんだ。あんたを船で他国に運ばなきゃならないんでね」

「この短時間で船を手配するの大変だったんだぜ?」

そんなこと言われても私は頼んでいない。

船など誰が乗るものか!

私は立ち上がり、縄をリーダー格の男に投げつけた。

「何っ!?」

私が拘束されていると思い込んでいた連中は、全員戸惑いを隠せない。

私はその間にリーダー格の男の間合いに入り込み、腹部に一発お見舞いする。

「うっ!」

リーダー格の男が蹲(うずくま)る。

オーガストの代わりに受けた王になるための教育の一環として、一通りの武道も教わった。

まさか本当に使う日がくるとは思っていなかったけど、真面目に学んでおいてよかった!

「く、くそ女ぁ!」

リーダー格の男が腹を抱えながら立ち上がる。

気絶させるには力が足りない。

ここはやはり逃げるが勝ちだ。

私は倉庫に置いてあった棚から、ワインボトルを手に取って割る。無事な上半分を持ちながら、割れて尖った先を彼らに向けた。

「近付かないで！」

リーダー格の男と睨み合う。

「ふん、お嬢ちゃんがなかなかやるじゃないか。でもな……」

リーダー格の男が懐からナイフを取り出した。

武器がないと思ったが、隠していたらしい。さすがに武器なしでこんなこと実行しないか……。

「そんなものでやり合おうって言うのか？」

私は唇を噛み締めた。

ナイフと割れたワインボトル。ワインボトルは刃を受け止めただけで砕けてしまう可能性が高く、不利だ。

私は他の手下たちを見る。今のところ武器を持っているのはリーダー格の男だけで、他はこちらと距離を取っている。その様子から、武器を持っているのはリーダー格の男だけだとわかった。

そうだ、ベラと会ったのは今日が初めてと言っていた。つまりこれは計画的犯行じゃないから、準備不足なんだ。

ということは目の前の男さえなんとかできれば……。

状況的には圧倒的不利――武器に関しては。

だけど……。

私はワインボトルを構え――リーダー格の男に飛び掛かった。

「な、何⁉」

私が本当に攻撃してくると思わなかったのか……いや、してくると思っても可愛い抵抗だけだと予測していたのだろう。

しかし、私はあらゆる武術を嗜(たしな)んでいる。そう、割れたワインボトルを剣のように扱えるぐらいには。

正確にはワインボトルだと先しか殺傷能力がないので、レイピアのように突く攻撃だが。

私の突きにリーダー格の男は避けることしかできず、ナイフを振ることもできない。

やっぱり、この人ただの素人……。

これならいける！

私はワインボトルで、リーダー格の男のナイフを握っている手を狙った。

うまく当たり、ワインボトルの先がリーダー格の男の手に刺さる。

「ぐあああ！」

たまらずリーダー格の男はナイフを投げ捨てた。私はそれを拾ってリーダー格の男に向ける。

「武器をありがとう……まだ降参しないの？」

リーダー格の男の目に一瞬恐れが走った。

「あ、ああ……降さ――」

しかし、次の瞬間その目が泳ぎ、瞳孔(どうこう)が開く。

「違う降参などしない……俺はあの人のために……いやダメだ逃げなきゃ……逃げるわけにはいかないあの人のためにあの人のためにあの人のために」

……何？

もしかしてショックを受けて一瞬元に戻ろうとした？

でも様子が学園の取り巻きの男子たちとは違う。彼らは元に戻るときも、こんなに取り乱してはいなかった。

ブツブツと呟いているリーダー格の男に、言い知れぬ恐怖を覚える。

私はそっと一歩後ろに下がった。

するとそれを見計らったかのように、リーダー格の男がこちらに踏み込んできた。私はすんでのところで避ける。

「ナイフがダメなら首をへし折ればいい……ダメだそんな人を殺すなんてあの人のためあの人のためあの人のため」

完全におかしくなっている。

周りの部下の人たちも先ほどより様子がおかしい。さっきまでまだ理性があったのに、今は何をしでかすかわからない感じだ。

理性のない人間ほど恐ろしいものはない。そういう人間は普段より身体能力も上がるし、動きの予測がつかない。

私は突進してくる男たちを避け続けるが、これではこちらの体力を消耗するだけだ。

大の大人に勝てる体力はない。長期戦になったらこちらが不利だ。

「あの人のためだ……！」

リーダー格の男が私に飛び掛かってくる。私は避けようとするが、足がもつれた。

しまった！

倒れ込んだ私はリーダー格の男に首を絞められる。

「あの人のためあの人のためあの人のため」

リーダー格の男が言うあの人はきっとベラのことだろう。

周りの男たちも同じように「あの人のため」と口にしながら、リーダー格の男を止めようとしない。

「くっ……」

まずい。首を絞められたときにナイフを落とした……！

何か、何かないの……このままでは……！

こんなところで死にたくない！

そう思ったそのとき、私の上から重さが消え、呼吸が楽になった。

「けほっ」

咳込みながら周りを見ると、そこには倒れているリーダー格の男と――。

「リュスカ！」

リュスカがいた。

「アンジェリカ、無事か⁉」

リュスカは私に駆け寄ると、抱き起こしてくれる。

「ええ、なんとか……」

正直死ぬかと思ったけど……。

絞められた首に痛みはあるが、他は怪我もない。

おそらくリーダー格の男の手形がついているのだろう。リュスカは私の首を痛ましそうに見て撫でる。

「すまない、もっと早く来ていれば……」

「あなたのせいじゃないわ。私も不用心だった。まさか、試着室で襲われるとは思わなくて……」

確かに試着室なら必ず一人になるし、好都合だったのだろう。あのベラの様子からもっと警戒しておくべきだった。

でもまさか、ベラが私を誘拐するとまでは思わなかったのだ。

「よくここがわかったわね」

「アンジェリカがいないことに気付いて、慌てて不審な人物を見なかったか聞き込みをしたんだ。そしたら麻袋を抱えた怪しい男たちの証言が出てきて……」

私は麻袋に入れられて移動してきたのか。さすがに生身の人間を抱えていたら目立ちすぎるものね。

「無事でよかった……」

リュスカが私を抱きしめる。

「心配かけてごめんなさい……」

私もそっと抱きしめ返す。そのとき初めて自分の身体が震えているのがわかった。

そうか、私、怖かったのか。

いくら武術を嗜んでいても、実戦は初めて。しかもあと少しで死ぬところだった。

リュスカが来てくれなかったら今頃……。

私はぞっとしない思いでリュスカをより強く抱きしめた。

「くそっ！　離せ！」

リュスカと一緒に突入してきたのだろう、警備隊の者に、ならず者たちが拘束されていく。

みんな抵抗しているがその甲斐(かい)虚しくあっさりお縄についた。

最後まで「あの人のため」と口にしていた。

「あの人っていうのは？」

「おそらくベラのことだと思う。あの男たちに私を誘拐するように指示したのはベラらしいから……でも」

「でも？」

「なんだかおかしいのよ。いえ、もう色々おかしすぎるけど……学園の男子たちとどこか違ったの。彼らはまだ自我があったけど、今回私を誘拐した人たちは、まるで操り人形みたいというか……怪我をしても『あの人のため』って、ちょっと目もイっちゃってる感じで……」

明らかに普通ではなかった。普段の彼らを知らないが、彼らが正常でないことぐらいわかる。

「ああ、俺もあれはおかしいと思う」

リュスカも同意してくれた。

「あのベラという女を舐めていたかもしれない……ただ逆ハーレムを築くだけじゃなく、犯罪まで犯させるなんて……」

リュスカが私の肩を摑む。

「アンジェリカ、これからはもっと身辺に気を付けるんだ。今回の一件でわかった。あの女は何をするかわからない」

リュスカの言う通りだ。今まではただの嫌がらせだった。でもこれはもうその範疇を越えている。

私は絞められた首を撫でる。

「下手したら死んでいた……いいえ、きっと私が死んでも構わなかったのね……」

でなければ、男たちに殺すなと命じていたはずだ。簡単なことだ。彼女に心酔している彼らがその命令を破ることがないことぐらい、ベラにはわかっていたはずだ。

でもそれをしなかった。おそらくわざと。

——王太子妃の地位にも、オーガストにも、私は執着していないのにどうして？

確かに私は自分の無罪を証明しようとしているし、できれば王太子にアーノルドがなってくれればと思っているが、現状は難しいだろうと思っている。アーノルドを引っ張り出したのは、オーガストを動揺させるためと、相手方に対しての牽制だ。

私を殺さなくてもベラの立ち位置が揺らぐことはないのに、どうして……。

そこまで考えて私は気付いた。今日のベラの行動に。

やたらベラが関心を引こうとしていた相手は……リュスカだ。

「まさか……」

リュスカがベラに興味を示さず、私に惚れていると公言しているから？

そんなことでこんな犯罪を？

私はブルッと身震いする。

「アンジェリカ様ー！」

「わっ」

そのとき私に抱き着いてきた人物がいた。

涙を拭う余裕もないほど大泣きしているデイジーだった。

そうだった。ダブルデートしている最中だったんだ。

「アンジェリカ様、ごめんなさい……私がもっと早くに気付いていていたら……」

デイジーがぐしぐし鼻を啜りながら謝ってくる。

「アンジェリカがいなくなったことに一番初めに気付いたのはデイジー嬢だったんだよ」

リュスカが教えてくれた。

「デイジー、謝ることないわ。あなたが気付いてくれたから私は今こうして無事なのよ」

そう、デイジーが私がいないことに気付くのがもっと遅かったら、きっと今頃……。

私は背筋を震わせる。

「でも、でも私があんなにいっぱい服を渡さなければもっと早く気付けたかも……！」

ああ。試着する服を多く渡したから、私が着替えに手間取ってると思って気付くのが遅れたと言いたいのだろう。

でもそれはデイジーのせいではないし、人に気付かれずに入ることも出ることもできないはずの試着室から私がいなくなったことに気付いただけでもデイジーはすごい。

「途中から衣擦れの音が聞こえないことに気付いて、おかしいなと思って思い切って扉を開けたんです！　そうしたら試着室はもぬけの殻で……」

すごい。着替えている可能性があるのに扉を開けるのは勇気がある。

それだけデイジーは直感で私に何かあったと確信したんだろう。

「私、どういう風に誘拐されたの？」

試着室の扉は一つ。でもその扉の前にはデイジーがいたし、こっそり入り込むのは不可能だ。

「試着室の鏡の裏が、何かあったとき用に従業員が通れる通路になっていたんだ。アンジェリカはそこから侵入した彼らに気絶させられて、外に運び出された」

リュスカが質問に答えてくれた。

あの鏡、裏に通路なんてあったのか……。

「アンジェリカ様が誘拐されたことに気付いた後は外に出て聞き込みしながら警備隊に連絡して、アンジェリカ様を探しました！　間に合って本当によかったですー！」

デイジーはいまだに泣き止まない。私はポケットに入れていたハンカチをデイジーに差し出した。

デイジーは「後でお返ししますー！」と言いながらそれで顔を拭う。

そのときだった。

「あ、ぶ、無事……？」

よろよろして今にも倒れそうな状態でアーノルドが倉庫の外から現れた。

「俺、運動ダメなんだ……引きこもりだもん……絶対明日筋肉痛……」

アーノルドはそう言いながら、その場で崩れ落ちた。

いや、それ私の役目でしょう？

念のために病院に行き身体を一通り診てもらったが、特に変な薬とかも使われていなくてほっとした。

ついでに倒れていたアーノルドも診察を受けたけど特に問題はなかった。当たり前だ。彼はただ疲弊していただけである。

そして、翌日。私とリュスカは学園で話していた。

「結局男たちはベラの名前を出さなかったんでしょう？」

「ああ。『あの人のため』しか話さない。……あれはもうダメだな。精神がイカれてしまっている」

私は最後にひたすら『あの人のため』と言いながら襲い来る彼らを思い出していた。

彼らはもうあのまま元に戻ることはないのだろうか……。

「でもそれじゃ、ベラがやったって証拠がないのよね」

「あくまで君がベラを見たという証言のみだからな。男たちの誰か一人でもベラの名前を出してくれたらそれだけで追い詰められたのに」

ベラは絶対に自分がやったと漏れることはないと確信していた。

普通自分が罪を犯すとして、あれだけの人数が共犯となれば誰かが漏らすかもと危惧するはずなのにそれがなかった。なぜいつもあんなに絶対大丈夫だという自信があるのか……。

「……一つベラに関して思うところがあるんだ」

「思うところ？」

リュスカが頷いた。

「彼女──」

「あらぁ、リュスカ様！」

そのとき、不快な甲高い声が響いた。

嫌々振り返ると、やはりそこにはベラとオーガストがいた。

ここは上位貴族の温室で、貸し切りの札を出しておいたのに……。

この人たちいちいち絡んでくるけど暇なの⁉

「こんなところで会えるなんて奇遇ですね！」

ベラがリュスカの腕に絡もうとするが、リュスカはそれをさらりと躱した。

「よく恋人がいるのに他の男に引っ付こうとするな……信じられない神経だ」

リュスカがベラに冷たい視線を向ける。

「ただのスキンシップですよぉ。そうしたほうが仲良くなれる気がするでしょう？」

再び迫るベラを避け、リュスカはオーガストに視線を向けた。

「お前はいいのか、オーガスト」

「え？」

「度々訊いているが、自分が愛した女が、他の男に引っ付いていて、本当に思うところはないのか？」

オーガストがギクリとする。

リュスカはオーガストに対して「くん」すら付けなくなった。昨日のことで、もうオーガストに配慮する必要もないと考えたのだろう。

「お、思うところって……」

「俺だったら愛している女性が他の男に近付くのは嫌だ。でもお前は積極的にそれを止めたりしないよな？　自分より下だと思っている男が一対一で彼女に会うのは嫌なようだが……彼女が逆ハーレムを築いていてもそれを受け入れてるし、今俺に迫っているのを見ても、何もしない」

リュスカがオーガストに近付いた。

「お前……本当にベラを愛しているのか？」

オーガストが目を見開いた。

「あ……僕は……」

「オーガスト様！」

何か言おうとしていたオーガストを遮って、ベラがオーガストに抱き着いてその顔を覗き込む。

「あたしを見て」

「あ……」

オーガストの目がトロンとする。

「オーガスト様はきちんとあたしを愛しているでしょう？」

「あ、ああそうだな。僕は君の誰にでも愛されるところも愛しているんだ」

「そうよね。ほら、そうなんですよ、リュスカ様。だからオーガスト様は何もおかしくありません。ありのままのあたしを愛してくれているだけ」

ベラがオーガストを抱きしめて言う。

「……そうか」

リュスカはまったく納得していないだろうし、オーガストの様子がおかしいのにも気付いているだろうけど、もう触れないことにしたようだ。

「一つ聞くが、ベラ、君は昨日俺たちに会った後何をしていた？」

リュスカ、昨日のことを本人に聞く気なの⁉

でも確かに今は証拠もないけど、聞いたらベラが何かボロを出すかも……。

「オーガスト様とショッピングした後、馬車で家まで送ってもらいましたよ？」

ベラは平気な顔で大嘘を述べる。

実際はその後、私を誘拐している。

「アンジェリカはある場所で君と会ったらしいけど？」

リュスカが核心に触れようとする。

しかしベラは表情を崩さない。

「他人の空似ではないですか？」

「話もしたらしいんだが」

「でもあたし、アンジェリカ様にパンケーキ食べた後に会った記憶ないですし。ね、オーガスト様」

「ああ。ベラはずっと僕と一緒にいた」

嘘ばっかり！　いや、もしかしたらオーガストは本当にそうだったという記憶に変換されているのかもしれない。どうやるかわからないが、ベラが何かしら不思議な力を持っているのは確かだ。

「そうか、わかった。もう話すことはない」

「え、もっとお話ししましょうよぉ」

「はっきり言おう。俺は君が嫌いだ」

リュスカがまっすぐベラを見て告げる。

「ど、どうしてですか？　あたし、リュスカ様とも仲良くなりたくて」

「俺はなりたくない。嫌いなところがありすぎて一つ一つ説明してやるつもりもない。早く失せてくれ。俺は今愛しいアンジェリカと過ごしているんだ」

ベラが鋭い視線で私を射抜く。

だからぶりっ子しているのに、表情隠せてないって！

「なんなのよ……なんでリュスカ様は……」

よほどリュスカがお気に入りであきらめたくないらしい。

「あんまり使いたくなかったけど……」

ボソッと呟くと、ベラは怖い顔を瞬時に引っ込めて、再びリュスカに近付いた。

「リュスカ様、あたしの目を見て」

そういうベラの目は、笑っていないし色が赤い気が……？

あれ、ベラって空色の瞳じゃ……。

「リュスカ様も、これであたしのこと好きになりましたよね？」

ベラはそう信じて止まない表情で、リュスカに触れようとした。

が――。

バシン！

その手はリュスカによって払いのけられた。

「好きになどならないが？　さっさとどこかに行ってくれ」

「え……」

ベラが初めて本気で動揺した。

「ど、どうして……？」

さっき赤いと思った瞳の色は、空色に戻っている。

見間違いだったのかな？　と首を傾げると、ベラは私をキッと睨み付けてそのまま温室から出て行った。オーガストは慌ててその後を追いかける。

「何あれ……」

いつ来ても竜巻みたいな子だ。

「アンジェリカ」

「は、はい」

リュスカはベラたちの去って行ったほうを見つめながら言った。

「今、ベラに対して思うところが、確信に変わった」

「え？」

私は驚く。

「そ、それって……」

「そういえばそろそろ勝負のケリをつける日だよね？」

私が確信とは何か訊ねようとすると、それを遮るようにリュスカが訊ねてきた。

「え、ええ……一週間後の予定だけど」

証人は集めたけど、きっとベラはセコイ手を使ってくるはずだ。相手を不利な状況に追い込めるか、自信がなくなってきた。

リュスカはそんな私ににこりと笑う。

「大丈夫、アンジェリカは必ず勝つ」

そして言った。

「そのために協力してほしいんだ」

第七章　勝負の行方

本当にあんなことをするだけで勝てるのかしら？

私はオーガストに婚約破棄を告げられたかつての会場で、パーティーを主催しながら不安になった。

ちなみになぜお互いの罪を暴く席がパーティーなのかというと、前回台無しにしてしまったので、それのやり直しも兼ねてパーティーしたい！　とベラが駄々を捏ねたからららしい。

そのくせ準備はこちらに丸投げだった。そしてそのベラは今、男性陣に囲まれてご満悦だ。

この場がどういう場かわかってる？　ただのパーティーじゃないのよ？　というかなんで私が準備しなきゃいけなかったのよ？

色々言いたいことはあるが飲み込んだ。それはこれから相手にはっきり言えばいいことだから。

「アンジェリカ、大丈夫だ」

「リュスカ」

リュスカが安心させるように私の肩に手を置いた。白黒つけている間、隣にいてくれるらしい。ありがたい。

前回と違い、味方がいるというだけで心強いものだ。

「えー、お集まりいただいた皆様――」

司会役の父が挨拶を始めた。家にいていいと言ったのに自分も行くと言い張ったのだ。

「この度は私の娘が濡れ衣……あ、違いましたね、罠に嵌められ……あ、これも違ったか」

怒っている。相当怒っている。

オーガストは普段自分に優しい温厚な父しか知らなかったからとても驚いた顔をしている。

残念だけど、父が優しかったのはそれで少しでもあなたの私への態度が変われば期待してのことだったのよ。

もう婚約破棄する気満々だから優しくする必要はないし、むしろ娘を辱めた相手だから憎いに決まっている。

オーガストはこの反応だと、婚約破棄した後もうちに頼る気だったのだろう。自分に優しかった私の父が色々手助けしてくれると思っていたに違いない。

もう本当に……普通は少し考えればわかるのに……馬鹿すぎるわ……。

長々と嫌味たっぷりな父の演説が終わり、ついに私とオーガストの勝負が始まった。

まずオーガストからだ。

「アンジェリカ、潔く認めたほうが身のためだぞ」

「それはこちらのセリフよ」

オーガストは自分が勝てると思っているらしく、こちらに余裕の笑みを向ける。

いやもう本当に面倒だからさっさと負けを認めてほしい。

「証拠品と証人をここへ」

オーガストがそう言うと、証拠品らしきものをカートに載せた使用人と、何人かの男子生徒が前に出てきた。

「証拠品はこれだ。アンジェリカに破かれ書き込まれた教科書とノート。それから破かれた体操着と制服だ」

私は教科書を開き、中を確認する。確かにしっかりと落書きがされており、ところどころ破れている。制服なども同じで、足で踏んだような跡もある。

こんなものわざわざ用意するなんて……と呆れかえってしまう。

「それでは証人、証言を」

証人として上がった数人の男子生徒が口を開く。

「俺は見たぞ！　この人がベラさんにいじわるしているのを！」

「えっと、ベラさんすれ違う度に嫌味を言われてて可哀想でした！」

「服を切り刻んで山に捨ててた！」

うーん……どこからツッコむべきか。

とりあえずこの男子子たち……ＤＥＦくんにするか。

彼らのほうからツッコもう。

「いじわるってどんな？」

「え？」

「もっと具体的にいつどこでどうやってか教えてくれるでしょう？　本当に見ていたのなら。あ、本当は見てなかったのに証言したら虚偽罪になるから」

「え？」

Dくんは罪に問われるとわかると、途端におろおろし始めた。

「ええっと……悪口を言われていたような？　でももしかしたら見間違えかも……？」

「はあ!?　何言ってるの!?」

なんとか罪に問われないようにしようとするDくんのしどろもどろな回答に、ベラが怒る。しかし、Dくんはそれ以上語る気はなさそうだった。

ここにいる男子生徒はこの間のならず者たちと違って、まだ理性があるらしいことにほっとする。

またあの「あの人のため」を連呼されるのは嫌だ。

「で、Eくん。私はどんな悪口をどこで言っていたのかしら？」

「え、Eくん？」

「そこは気にしなくていいのよ。私がどこで何を言ったって？」

Eくんも途端に目が泳ぎ出す。

「えっと……もう忘れちゃって……」

「それでは証人にならないから、あなたの証言は無効ね」

Eくんは口をパクパクさせていたが、何も言えないのかそのまま押し黙った。

「じゃあ最後はあなたね」

私はFくんに向き直った。

私はFくんの主張する、証拠品として持って来られた服を手にする。

「山ってどこの山？」

「え？」

「だから、私がこの服を切り刻んで山に捨てたところを見たんでしょう？　それはどこで？」

「え、えっと……」

「山なんてこの近くにはないわよ。一番近いのが国境沿い……行くなら学校を休まなくちゃいけないんだけど、私今のところ無遅刻無欠席なのよね」

「…………」

Fくんは沈黙した。

何これ！　一回目のときと変わりないじゃない！

私を嵌めるためにどれだけ罠を仕掛けたのかと多少は身構えていたのに！

「……今ので終わりなら、次は私の証拠と証人ね」

私は先生から受け取った証拠品を持ち、こちらの証人として、アビー、ベティ、ケイシーとデイジーに前に出てきてもらう。

「私たちは下位貴族の校舎で授業を受けているのですが、アンジェリカ様がうちの校舎に来たところは見たことありません」

「アンジェリカ様が来たらすぐに噂になるし、目立つのに、誰も見てないんです」

「それに普段来ない校舎でよく知らないのに、的確にベラさんの教室に行ってベラさんの席でいたずらして、誰にも見られないで去るなんて不可能だと思います」

ハキハキと彼女たちはベラを睨み付けながら言った。

「不可能かどうかなんてわからないだろう！　実際ベラはやられているんだ！　なっ、ベラ？」

目撃者も碌に用意できなかったのに主張だけはしてくる。オーガストに促されて、ベラは私に怯えた表情を見せながら、コクリと頷いた。

私はため息を吐いて、私の証拠品の中から、一つを手に取った。

「じゃあこれを見てください」

私はそれをベラたちの眼前にかざす。

「？　何これ？」

ベラが首を傾げた。いや待ってこれがわからないって、どれだけ授業サボってるのよ……。

「出席簿よ。各時間割ごとのね。先ほど言った通り、私は無遅刻無欠席。だから授業の合間に何かすることはできないの」

オーガストが一生懸命何か言おうと口をパクパクさせるが、いい言い訳が思いつかないのかそのまま口を閉ざした。

と、今度はベラのほうが口を開く。

「もしかしたら放課後にやられたのかも……」

今まであなた私が授業抜け出してやったんだ！　みたいな言い方ずっとしてたじゃない……。

しかしそんな主張はまるでなかったかのように、オーガストが元気になった。

「そうだ！　そうに違いない！　放課後誰もいなくなった後に意地悪していたに違いない！」

「誰もいないのに悪口言えなくない？」

オーガストは悪口については無視した。

ちょっと！　すれ違う度に言われていた設定はどこにいったのよ！

用がなければ放課後ベラがわざわざ教室に残ることはないだろうし、残ってても取り巻きがいる中でいじめなどできるはずがない。もう矛盾だらけだ。

「とにかく、放課後にアンジェリカがいじめたことで決定だ！」

「証拠がないでしょう？」

「お前だってもうないだろう？」

なぜか自信満々なので、私は指をパチリと鳴らして、新たな証人を呼んだ。

現れたのは腰に剣を差した屈強な男たちである。

「な、なんだ？　誰だ？」

明らかに生徒ではない風貌の彼らに、オーガストは戸惑った。オーガスト自身、線が細いので、屈強な男が苦手なのだ。

「いや、あなたのお家から派遣されている兵士ですけど」

「は？」

やはり知らなかったのか……。

私は何度目になるかわからないため息を吐いて、オーガストに告げた。

「私、曲がりなりにも王太子妃になる予定だったの。当然何かないように身辺警護（しんぺんけいご）がつくわけ。で、彼らは私の登下校を守ってくれる兵士さんよ。オーガストにもいるでしょう？」

オーガストもこんなだが、一応王太子だ。護衛がついている。

この性格だから国民から人気がなくてすぐ襲われて守るのが大変だとか兵士がぼやいているのを聞いたことがあった。私に配属替えになった人たちはみんな喜んでいた。オーガストへの配属は拒否権ないから可哀想に……お疲れ様です……。

「お前にもいたのか？」

オーガストが心底驚いていることで、私への興味の薄さが窺える。

いや、婚約してからずっとついてましたけど、護衛。

「彼らは国の兵士だから嘘は言わないわよ。護衛だけでなく、私の身辺調査……まあ早い話、浮気とかしないように注意しておく役割もあるし」

「お前浮気したのか!?」

お前だよお前！　浮気したのはお前！

「あなたと一緒にしないでくれる？　自分が浮気したら相手もしてると思うって本当なのね」

「何？　僕を侮辱してるのか？」

「本当のことを言っているのよ、浮気男さん」

オーガストがブルブルと怒りで震え始めた。面倒なことになりそうだから、煽るのはここまでにしよう。

「で、どうかしら皆さん？　私、放課後学園で何かしてました？」

「いいえ。いつも直帰しておりました」

「大体そのまま王城で勉強をされてから、帰宅されています」

「ですって」

というわけで、放課後に何かするのは不可能である。

無能な王太子の妃になるには詰め込むものが多すぎたので、そんなくだらないことをしている暇などない。

「嘘だ！　そんなの嘘に決まっている！」

「じゃああなたのお父様が帰ってきたらそう主張してごらんなさい。わかっているわよね？　陛下がつけた兵士を疑うということが、陛下を疑うことになるってこと」

「うっ」

オーガストもそこまで馬鹿ではなかったようだ。父親を敵に回すつもりはないらしく、そのまま黙った。

「……これで終わり？」

あっけない。ぼろ勝ちである。

「見ていた皆様、私に賛同する方は手を上げてください」

いまだにベラの取り巻きをしている数人の男子生徒以外、ほぼ全員が挙手をした。

「じゃあ私が勝ったということで、私にお咎めなし。そちらに非があるということで、しっかり慰謝料諸々頂きますからね。婚約破棄についてもきちんと──」

「待ってください！」

これからどうしたらいいか指示をしてあげている最中で、ベラが口を挟んだ。

「なんです？　ベラさん。まだ何か？」

しゃべればしゃべるほど墓穴を掘るのでもう静かにしていてほしい。

「あ、あたし……」

ベラが目にいっぱい涙を溜める。

「あたし、騙されたんです！」

わあああん！　とベラがその場で泣き出した。

「……は？」

え？　何？　どういう流れ？

オーガストも戸惑いながらベラに触れようとするが、ベラがその手を叩き落とした。結構力を込めたのか、パシンッ！　という音が響く。

「触らないでください！」

「べ、ベラ……？」

ざわざわと周りも何が起こっているのかと騒ぎ出す。

いや本当に。さっきまでラブラブだったじゃない、あなたたち。

しかし、ベラはもうすっかり数秒前のことは忘れたとばかりに、オーガストを睨み付けて離れる。

「あたしはオーガスト様に、アンジェリカ様にいじめられたことにしたら結婚できるって言われて……それで……」

ベラが涙を拭う。

「それで、嘘を吐くように指示されて……でもやっぱりこんなの間違ってます！」

いや、さっきノリノリで私を嵌めようとしてたじゃない。とても演技じゃなかったわよ、あれは。

思わずオーガストとポカーンとしてしまう。

「アンジェリカ様、ごめんなさい！」

ベラが私に頭を下げる。

「え……え……？」

「あたし、目が覚めました！」

いや絶対覚めてないよ。ずっと頭お花畑だよ。

だって、今あなたの視線がどこに向いているか丸わかりだもの。

「それに……真実の愛に目覚めたんです！」

ほら！　ほらそう来た！

ベラは私の隣で静かに立っていたリュスカをうっとりした表情で見る。

「あたし、リュスカ様が好きです！　結婚してください！」

……はい？

おそらくその場にいた全員が戸惑いの表情を浮かべていただろう。ベラを無表情で見るリュスカ以外は。

「あたし、気付いたんです。リュスカ様への想いが、本物だって」

ベラがリュスカの腕に触れる。

「ねえ、こっちを見て」

リュスカはベラを冷たい目で見るだけだ。

「ちっ……仕方ないわね……やはりこれしかないか……」

一瞬ベラが地声になった。が、すぐにまた甘えた声を出す。

「あたしの目を見て」

ベラの目が、また赤く……？

リュスカが彼女の瞳をじっと見る。ベラが余裕のある笑みを浮かべる。

まさか……まさかリュスカも……？

私はベラのために犯罪すら厭わなかった男たちのことを思い出した。

リュスカもああなってしまうの……？

「ダメ……！」

私は思わず二人の間に割って入ろうとするが、それより先にリュスカがベラの手を握った。

リュスカが触れてくれたことにベラは気を良くしたようだ。

「リュスカさ——」

「効かないよ、俺には」

リュスカはまっすぐ、ベラの瞳を見ながら言った。

「——え？」

ベラの足がふらつくが、リュスカに摑まれているため倒れなかった。

しかし、その顔は青くなっている。

「な、何を言って……」

「俺に君の魔法は使えないよ、ベラ……いや、魔女と言うべきかな？」

ベラの身体が震える。リュスカを見ながら、なんと言ったらいいのかわからないような、戸惑いの表情がはっきり見えた。

「どうしてわかったのか、と言いたいのかな？　それは君が際限なく魔法を使うからだよ」

リュスカがまるで物わかりの悪い子供に言い聞かせるように説明を始めた。

「学園の男子生徒をほとんど逆ハーレムにできるなんて、普通に考えてありえないだろう。確かに君の見た目はいい。俺の好みではないけれど。だけど、それだけであの人数が、しかも出会ってすぐに君にあんなに夢中になるなんてありえない話だ」

ベラがリュスカから距離を取ろうとするが、リュスカに手を掴まれているため、それも叶わない。

きっと逃がさないためにベラの手を掴んだんだろう。

「決定的なのが、アンジェリカを誘拐したやつらだ。まるで洗脳されたかのように、みんな君の言うことを聞き、同じ言葉を繰り返す」

ベラが本気で逃げようと暴れ出したが、リュスカはびくともしない。

「そして確信したのは今だ。赤い瞳の伝説……この国に伝わる魔女の話を思い出した」

リュスカがベラを見下ろす。

「色欲の魔女……君はその末裔（まつえい）だな」

ベラが抵抗をやめた。

「なんのことです……？　魔女なんて遠い昔に滅びたんでしょう？」

「ああ。でも末裔は存在していてもおかしくない。俺だって、その魔女を倒した人間の末裔だ」

ベラがヒュッと息を呑んだ。

「普段男を誘惑するには、その目を合わせればいいんだろう？　ずいぶん簡単な方法だ。でもそれだと効き目も薄く、少し相手にショックを与えれば魔法が解けてしまう。それに致命的な欠点があった」

「致命的な欠点……？」

とはなんだろうか。私の問いにリュスカが答えた。

「自分に好意を一切抱いていない人間には効かないんだ。だから彼女の魔法が効いていない人間も何人かいた」

「あ……」

言われてみれば、確かにベラに落とされなかった男性は、初めからベラに興味がない人間ばかりだった。

「でもそんな人間を無理やり落とす方法もあった」

「え？」

リュスカが空いている手でベラを指差す。

「彼女の目だ」

ベラがぎくりとする。

「あれ……？　そういえば、さっき目が赤かったような……」

見間違えだったのか、今は水色の瞳に見える。

「見間違えじゃない。あれは強い魔法を使うときの変化だ」

強い魔法？

「その赤い目でアンジェリカを誘拐するように仕向けたんだろう、ベラ」

そこでようやく、私は誘拐犯たちの様子を思い出した。

まるで正気を失くしたような彼ら。あれが魔法にかかった状態だった……？

「この魔法は必ず相手を自分の意のままに操れる代わりに、相手の精神に大きく影響して……最悪廃人になってしまうという欠点があった」

「あっ！」

私はあのリーダー格の男の様子を思い出した。

初めからおかしな様子だったが、最後には自我というものが無くなってしまったようだった。

「だから、オーガストや他の学園の生徒には使わなかったんだろう。生徒にそんな様子のおかしい人間が出たら必ず問題になってしまうし、オーガストがおかしくなったら、それこそ廃嫡され、夢に描いていた王太子妃になれないかもしれないからな」

リュスカが少し離れたところにいたアーノルドをちらりと見る。

「アーノルドにしても同じだ。アーノルドが王太子になる可能性があるから自分の虜にしておきたいが、赤い目を使うのはリスクが高い。だから、あきらめたんだろう」

なるほど。アーノルドに興味ありそうだったのに、その後そこまで絡まなかったのはそういうわけだったのか。

「そして俺にも効かなかった。だけど俺のことはなかなかあきらめ切れなかった。なぜなら俺はこの国より大きなスコレット公国の公子だったから……それに、そんな俺がアンジェリカを選んだというのが許せなかったんだろう」

「え？　私？」

ここでどうして私が……？

私はよくわからなくて首を傾げる。

そんな私にもわかるように、リュスカは説明してくれた。

「ベラはなんでも自分が一番じゃないと気が済まない性格だ。だから王太子妃という地位に固執した。晴れてオーガストに選ばれたが、蹴落としたはずの君がさらに大国の公子に口説かれている……彼女からしたらこれほど面白くないことはない」

そうなの？　そういうものなの？　私にはまったく彼女の気持ちが理解できない……。

「だから俺を手に入れようと躍起(やっき)になった。でも俺はどうやっても靡かない。仕方なく王太子妃で妥協するか悩んでいたら、ある噂を聞いたんだろう」

「噂……？」

そこで私はハッとした。

「それってもしかして……」

「そう、俺たちが意図的に流したあの噂だ」

リュスカがベラに向かって笑う。

「スコレットの第三公子リュスカには、公太子の資格がある、ってね」

そう、あと少しで勝負の日、というときに、リュスカが私にお願いしたのはこの噂を意図的に流すことだった。なんでそんなことを？　と思ったが、リュスカの言う通りに噂を流したら、見事に学園中に広まって、オーガストがイラついている姿をよく見た。

「あたしを騙したの⁉」

「いや、騙してない。確かに俺には公太子になる資格がある。兄二人がちゃらんぽらんで、まだ公太子の席は空いたままだからね」

本当に公太子になる可能性があるのか。知らなかった。

「とにかく、将来大国の王となる存在は、この国の王太子より圧倒的に魅力的だ。負けず嫌いでミーハーな君ならすぐに飛びつくと踏んでいたよ」

ベラがギリッと唇を噛み締めた。

「本当は俺に赤い目は使いたくなかったんだろう。リスクがでかいからね。でもどうしても俺の妻の地位がほしくなった君は、俺が少し精神を壊そうが、もう構わないと判断したんだ。そうだろう？」

ベラに訊ねるリュスカを、ベラは愛らしい顔をどこにやったのか、恐ろしい形相で睨み付けた。

「どうして……どうしてあんたには魔法が効かないのよ！」

「言っただろう。俺は君たち魔女を倒した英雄の子孫だと」

ベラがリュスカの手を払いのけ、距離を取る。

「君たち魔女に不思議な力があるように、俺にもあるんだよ——魔法耐性がね」

「魔法耐性？」

私の言葉にリュスカが頷く。

「これがご先祖様が魔女に勝てた一番の理由だろうね。と言っても、俺も魔法耐性があると言われていただけで、そんなの先人が都合よく作ったおとぎ話だろうと思っていたんだ。だけど、それがそうじゃないことを、ここにいるベラが証明してくれた」

ベラはずっとリュスカを睨み付けている。

「どうも俺は魔法の気配も感じ取れるらしい。ベラに見つめられる度に、変な感覚がした。まさかそれが魔法だとは初めは思わなかったけど」

「…………はっ！」

ベラが鼻で笑った。先ほどまでのぶりっ子とは違う、素の表情を見せる。

「それがわかったところでどうするの？　あんたに魔法がかからなくても、他の人間に魔法をかけることはできるのよ。それこそ、ここにいる人間全員にね」

「赤い目でか？　人の精神を壊すと知っていて？」

「駒がどうなろうが知ったことじゃないわ。むしろあたしの手足となれることを誇ってほしいわね」

なんて人なの。

確かにこの間のならず者たちは悪いやつらではあったけれど、私を誘拐するなんて、きっとベラに命じられなきゃしなかったはず。

あんな、精神がボロボロにならなきゃいけないほどの悪党でもきっとなかった。

ベラが魔法なんてかけなければ多分今も普通に過ごしていたのに。

「ここにいるのはいずれ国の中枢にいくだろう人間ばかり。その人たちに魔法をかければ、すべてあたしの思い通りよ」

「もしかして、オーガストと結婚したら大臣とかにも魔法をかけるつもりだったんじゃ……」

「もちろんそうよ」

ベラは頷いた。

「だって、オーガスト様が王になっても、仕事ができるとは思えないもの。引きずり降ろされることがないようにしないといけないじゃない」

にやぁ、と笑うベラに悪寒が走る。

この子、本気で国を乗っ取ろうとしていたんだ……しかも王太子妃のままでいたいという、ただそれだけのために。

「それはハッタリだろう」

リュスカの声にベラはびくりと反応する。

「は？　ハッタリ？」

「ああ。本当にそんなことができるのなら、とっくにやっているだろう。君の先祖ならできたかもしれないが、君自身、もう魔女の血はだいぶ薄まっている。ひとりひとりかけることしかできないんだろう？　一度にこの大人数に魔法をかけるのは不可能だ」

ベラがギリギリと唇を噛み締め、そこから血がにじむ。

「うるさいわね……」

ベラがバッと動いた。

そのまま走って演説が終わって休んでいた私の父のもとに向かう。父がのんびりしていたのは、私が勝つと信じて疑わなかったからだろうが、今はそれが仇となる。

「ちょっと、まさか！」

父に魔法を？

私は慌ててベラを追いかけようとしたが、リュスカに手を引かれ止められる。

「ちょっと、止めないで！　お父様が！」

「大丈夫だから少し様子を見てて」

そうこうしている間にベラがお父様の目の前に立ちはだかる。なんで兵士がいるのに、ベラを止めないのよ！

ベラはあの嫌な笑みを浮かべてこちらを見た。

「あなたの大事なお父さん、悪いけどもらうわね」

ベラが赤い目で父を見つめる。

「どうです？　お父様？　あたしの言う通りに動いてくれますね？」

「……」

父がベラを見る。そして言った。

「いや、嫌だけど」

「え？」

普通に断ってくる父に、ベラが驚いて離れた。

「確保しろー！」

そのとき、ようやく兵士が動いてベラを拘束する。

「ちょっと、なんなの？　なんで効かないの？」

戸惑うベラに、リュスカは説明する。

「俺の家はね、魔女を倒すのに苦労したらしいよ。だから、そんな魔女に対抗する道具をいくつか作ったんだ」

「魔女に対抗する道具？」

「そうだ」

私が首を傾げると、リュスカが頷いて懐から何かを取り出した。

丸い、透明なガラス玉のようなものだ。

「これは魔女を倒すために作った道具らしい。俺が願うと効果が発動する。この場にいる全員に魔法が効かなくなる道具だ」

「魔法が……効かなく……？」

ベラがハッとして周りを見回す。

「あれ？　俺どうして……」

「なんだろう、頭がぼうっとするな」

「俺何してたっけ？」

ベラの取り巻きをしていた男子生徒たちが、まるで憑き物が取れたように、表情が穏やかになっている。ここに来たときはあんなに険しい表情をしていたのに。

ベラの魔法が解けたんだ！

「あたしの駒が！」

ベラが悲痛な声を上げる。

「何してくれるのよ！　これじゃ……」

「逃げることも簡単にはできなくなるわね」

「……！」

やはり逃げようと思っていたのか。

この状況になったら、彼女は捕まったらただで済まない。それは本人にもわかっているのだろう。

「なんなのよ……なんなのよ……！　もとはと言えば、あんたと、そこにいる馬鹿王子が……！」

「え？　僕？」

今までボケっと傍観していたオーガストが話を振られて戸惑っている。

というか、魔法がかかっているときもかかっていないときもボケーっとして、なんて頼りないの！

「もとはと言えば、あんたたち二人のせいであたしがどれだけ苦労したか……！」

「待って、話が見えない。私、あなたに何かしたの？」

ベラははははは、と笑いだした。

「あんたたちはいつもそう。そうやって、蹴落とした人間のことなんて記憶にないのよ」

「本当に心当たりがないの」

ベラが私を睨み付けてくる。

「どういうこと？　蹴落としたって何？」

「教えてあげるわ。あたしの正体……」

ベラがうすら笑う。

「あたしの名前はエミリー。エミリー・デリーだった」

「だった？」

「……本当に覚えていないのね」

本当に申し訳ないが、記憶にない。ベラは自分の感情を抑えるかのように、淡々と言った。

「五歳まで、伯爵令嬢だったのよ」

五歳。彼女の五歳と言えば、私が六歳のとき。オーガストと婚約した年だ。パーティーで婚約者にさせられてしまった、あの一件が起こった年。

……待って、あのときの彼女の名前……。

「あなた、あのときの……」

あのとき、デイジーに絡んでいた女の子。

あの子の名前は確かエミリーだった。

伯爵令嬢のエミリー。

私はベラを見た。私の記憶の中のエミリーと面影が重なる。

「エミリー嬢……？」

ベラ……いいえ、エミリーが鼻で笑った。

「ようやく思い出した？　そうよ、あたしはあのときあんたに赤っ恥をかかされた、エミリーよ！」

赤っ恥というのは、デイジーに絡んで私に咎められたときのことを言っているのだろうか。でもあれはエミリーが先に始めたことだし、私はそれを注意しただけだ。

「赤っ恥って……あれはあなたの自業自得でしょう」

確かに私も幼かったから、注意の仕方がきつかったかもしれない。だけど、あのとき咎められる行為をしたのはエミリーだ。

私を一方的に恨むのはお門違いだろう。

「うるさい！」

しかしエミリーはそうは思っていないようだ。

「あの後、あんたの言う通りデリー家は没落したわ。父は心労が祟って亡くなった。あたしと母は無一文で生きていかなければならなくなった。……もともと貴族だったのに、それがどれだけ屈辱的なことか、あんたにわかる⁉」

エミリーの暮らしがどれだけ以前と変わってしまったのか、想像に難くない。

優雅な貴族生活から、明日どうなるかもわからぬ生活。その変化がどれほど彼女たち母子を苦しめたか。同情はできる。

だけど、彼女たちの優雅な生活は、もともと父親の不正などによって成り立っていた。あの場では彼女をそれ以上追い詰めるのは可哀想で、納税できないことが理由だと言ったが、デリー家の没落の本当の理由はエミリーの父親が働いていた不正にある。

デリー伯爵は、結婚前は普通の貴族だったのに、妻や娘の浪費に頭を悩ませていたと聞いた。そしてついに悪事に手を染めてしまったのだ。

彼女たちが欲をかかず、その暮らしに合った生活をしていれば、きっと彼女たちの父親は不正など行わなかったはずだ。

「あんたのせいで貧乏生活を強いられたのよ！」

父親を追い詰めた一人だというのに、エミリーは自分が悪いとは思っていない。

「……あなたはあの頃から変わらないのね」

幼い頃から何一つ成長していない彼女が哀れに思える。

「なんですって？」

「自分勝手で、世界の中心は自分だと思っている。反省もしなければ、失敗はすべて人のせい……悲しくならない？　自分に」

ベラがカッと怒りで顔を赤くする。

「何が言いたいの!?」

「あなたのお父さんが不正をして爵位を取り上げられたのはあなたのお父さんのせいよ。私のせいじゃない。そしてその不正をした理由もあなたたち母子が贅沢をするからだったでしょう？　父親の稼ぎを超えるドレスや宝石を欲しがるなんてどうかしてる。そして自業自得なのに、私のせいにするその考えが、小さい子供そのものよ」

「あたしが子供ですって⁉」

その怒る姿も子供にしか思えない。

「あたしはね、あたしが手に入れるはずだったところにちゃっかり収まっているあんたが許せなかった！　いつも澄ました顔をしているその顔が歪むところが見たかった！　だからまた貴族になることにしたのよ！」

一度没落した彼女は貴族ではなくなったはずだった。

「どうやって今の地位に収まることができたの？　父親は亡くなったのでしょう？」

「お母様がだいぶ遅くなったけど、魔女の力に目覚めたのよ。それで今の父親を誘惑したの。簡単に再婚してくれたわ」

「でも情報では、あなたは実子で、名前も……」

「義父が偽造してくれたのよ。まあそうするように指示したんだけど……母は昔、義父に出会い恋に落ちてあたしを産んだけど、身分の差から別れた。しかしその後数年して再会。義父は身分なんて関係ないと言って母と再婚し、妻と娘の戸籍を作る……そんなラブロマンスをでっち上げたの」

なるほど。これでベラの情報が本来と違った理由がわかった。

平民に戸籍はない。戸籍があるのは貴族のみだ。

エミリー母子は没落したときに戸籍がなくなっている。だから一から義父の妻と子であるという戸籍を作ることができたのだ。

そうすれば、彼女がデリー伯爵家のエミリーであった事実も消える。

「よく義父が納得したわね」

「納得なんてさせる必要がないもの。指示すればそれで終わる」

まさか義父にも赤い目を使ったのだろうか。彼の精神が壊れていなければいいのだけど……。

「あたしも学園に通う前に魔法が使えるようになった。初めは大人しくしていたわよ。あんたのことは憎いけど、校舎も違うし、目に入れないようにしてた」

数人の男子生徒を取り巻きにして満足していた、と彼女は語った。

「でも、まったく視界に入れないのは不可能だった。学園でのイベントで、あんたとオーガスト様は一緒にいることが多かったし、パーティーだって同伴……そしてあんたはいつもつまらなそうな顔をしている」

ベラが歯を噛み締めた。

「あたしからその場所を奪っておいて、許せなかった！　だから、たまたまパーティーでオーガスト様のそばに寄れたときに力を使った。目の色を変えない場合、効き目には個人差があるんだけど、オーガスト様にはよく効いたわ。彼はあんたみたいな女じゃなくて、あたしみたいな可愛い女が好みだったみたい」

ベラが私を馬鹿にするようにして語る。

「どうして私があなたをいじめたと捏造することにしたの？」

「ただ王太子妃の地位を奪うだけじゃつまらないでしょう。あんたも、昔のあたしみたいにみんなの前で辱められないとフェアじゃない」

ベラはあくまであのとき私がした注意を辱めと受け取ったようだ。

「その割にはズボラな証拠だったけど」

「ズボラでもよかったのよ。だって王様が帰ってきたら王様も操る気だったもの。そうしたら証拠にどんなに穴があろうと、正しい証拠になるもの」

「国王陛下まで手にかけるつもりだったの？」

「だってどう考えても邪魔じゃない。オーガスト様を王にするには、王様には抜け殻になってもらったほうが都合がよかったし」

なんて恐ろしいことを考えていたのだ。

もしこうしてリュスカに正体を見破られることなく国王陛下が帰国していたらと考えると、背筋が凍る。

「仮にそうなったとして、国務はどうするつもりだったの？」

国王陛下に赤い目を使っていたら、あの誘拐犯たちのようになるはずだ。そうしたら仕事はできなくなるだろう。仮にオーガストが国王になったとしても、国王になるための勉強を避けてきた男だ。国務などすぐにはこなせない。

「なんでそんなの考えなきゃいけないの？」

「は……？」

彼女から返ってきたのは衝撃的な言葉だった。

「あたしが欲しいのは王太子妃の地位だけ。この国一番の女性として敬ってもらって、税金で面白おかしく暮らしたいだけ。国務なんてどうだっていいわ。国が荒れようが何しようが、どうってことないもの」

「そんなことしたらすぐ反乱が……！」

「そんなのどうとでもなるわよ。みんなあたしのために命張ってくれるだろうし。この力のおかげでね」

ベラが自身の瞳を指差す。

婚約破棄はともかく、ベラを王太子妃にしてはいけないと思った私の直感は合っていた。

多分、このまま野放しにしていたら国は滅びていただろう。

「血は争えないということかな」

リュスカが言った。

「どういうこと？」

「彼女の先祖……色欲の魔女も同じようにして王国を乗っ取ったんだよ。反乱軍ですら自分の虜にして、最後にはこの国だけではあきたらず、他国をも侵略しまくって、俺のご先祖様に討たれた」

それを聞いてベラがふっと笑った。

「それいいわね！　あたしもそうするわ！　一国だけじゃなくて、あちこちの国を手に入れてやる！　だってあたしには力があるもの！　特別な人間だもの！　それぐらいしても――」

「なら特別な人間じゃなくなってもらおう」

リュスカはそう言うと、ベラの手首に腕輪を嵌めた。その腕輪はつけた瞬間はぶかぶかだったのに、あっという間に縮み、ベラの手首のサイズぴったりになって彼女の腕から抜けなくなった。

「ちょっと！　何よこれ！　外してよ！」

ベラが懸命に腕輪を抜こうとするがびくともしない。

「それは魔女の魔法を封じ込めるものだ。普通に手錠をかけても看守に魔法をかけて脱走されてしまうからな。これで、牢屋暮らしをさせられる」

「なっ……」

ベラが震える。

「男を誘惑しただけで、どうして捕まらなきゃいけないの！」

「お前がやろうとしていたことは国家転覆だ。犯罪行為なんだよ。さっき嬉々として語っていたけど、犯罪の自覚なかったのか？」

馬鹿にしたようにリュスカがベラを見る。

「まだ何もしてない！」

「しようとしていただろう。それに……お前が廃人にしたやつらへの罪が消えるわけじゃない」

「ひっ！」

ベラがリュスカを見て怯える。私からはあまり顔が見えないが、恐ろしい表情をしているのだろう。

「何よ……あたしは悪くない！　悪くないわよ！」

ベラは自分の罪を認めない。きっと彼女は一生認めないで、自分は被害者だと思い続けるんだろう。

そう思うと、哀れな気持ちにもなってくる。過去にしがみ付かなければ、もっと違った人生があっただろうに。

彼女が魔女だと判明した以上、きっと一生牢屋暮らしだ。

私は彼女が嵌めた腕輪を見る。

「さっきのガラス玉だとこの場にいる人だけだけど、この腕輪でこの場にいない人間にかかった魔法も解けたはずだ」

「この腕輪、そんなにすごい効果があるのね」

リュスカがベラから離れてこちらに来た。

「ああ。ご先祖様が残してくれた品だ。きちんと効果があってよかった」

「え？　効果があるかわからなかったの？」

「何百年も前の品だし、もう魔法自体がないから、実際付けて確かめるしかやりようがないだろう？」

確かにそうだ。他の魔女で試そうにも、魔女は滅んだと聞いているし、ベラとその母親以外存在しているかどうかもわからない。

「それにしても、こんな道具よく手に入れられたわね」

「ご先祖様が残してくれたって言っただろ？　スコレット公国で魔女を倒す道具として伝えられていて大事に保管してたんだ。それを今回公国から取り寄せたんだよ」

スコレット公国が大事に保管していた物って……。

「それってもしかして国宝なんじゃ!?」

「うん。そうだけど」

そうだけどって……そんなあっけなく……。

「そんな物を使ってよかったの？」

「ああ。どうせ使い道ないしね。また魔女退治に役立ったと知ったらご先祖様も喜ぶよ」

リュスカは懐から――ベラに嵌めたのと同じ形の腕輪を取り出すと、兵士に手渡した。

「この腕輪をベラの母親にも嵌めて彼女も牢屋に。彼女もホワイト男爵に手を出しているからね」

「はっ！」

リュスカが兵士に指示を出す。まるでリュスカがこの国の王太子みたいだ。

そして本当の王太子であるオーガストは、ずっと呆然と成り行きを見ていたが、ベラが連行されるときになってようやく動き出した。

「べ、ベラ……何かの間違いだよな？」

「……」

兵士に連れていかれようとするベラに、オーガストが話しかけるが、ベラは答えない。

「僕のこと、愛してるんだろう？」

ベラが深くため息を吐いた。

「愛しているわけないでしょう、あんたみたいな馬鹿」

「……へ？」

ベラは唖然とするオーガストに淡々と告げる。

「あんたなんて顔だけじゃない。あたしはあんたの王太子という地位は愛していたけど、それ以外はどうでもよかった。話していても自分の自慢話とアンジェリカの悪口ばかりでつまらないのよね。もう会うことないと思うから言っておくけど、もう少し勉強したほうがいいわよ」

「な……」

「じゃあね」

ベラはもうなんの未練もないとばかりに自分から兵士を催促して足早にその場を去った。オーガストはただただそこに立ち尽くしていた。

「あれ？　ベラの魔法って切れているんじゃ……？」

他の人は魔法にかかっている間の出来事をほとんど覚えていない様子だったのに、オーガストには記憶がありそうだ。

「多分、彼は普通に彼女に惚れていたんだろう」

「え!?　あの性格だったのに!?」

「むしろあの性格だったからじゃないかな。正直お似合いだったと思うよあの二人」

それは思う。性格悪い者同士めちゃくちゃ相性はよかったんじゃないだろうか。ただ残念ながらベラのほうは愛していなかったみたいだけど。

「多少は魔法の効果もあったみたいだけどね、魔法があってもなくても多分関係なかったと思うよ、オーガストの場合」

魔法なしでも彼女に惚れるのか……本当に、趣味が悪い。

オーガストはベラと相思相愛だと思っていたはずだ。だが実際は利用されているだけだった。さぞかしショックだろう。

普段は馬鹿だなあと思うが、今回ばかりは同情する。

「オーガスト」

「アンジェリカ……」

思わずオーガストに声をかけた。

「元気出しなさいよ。あなたが女見る目ないのはみんな知ってるわよ」

「お前な……」

「あと早く婚約破棄の書類出してね。早急に、今すぐに」

さっさと婚約破棄したい。この馬鹿と。

そして身軽になって……。

私はチラリとリュスカを見た。目が合って思わず下を向く。

しかし、オーガストの言葉にすぐに顔を上げた。

「婚約破棄は無効だ！」

「……はぁ？」

何言ってるのこいつ！

「冗談はその馬鹿な頭だけにしなさいよ！」

「うるさい！　どいつもこいつも僕を馬鹿馬鹿と……！　僕は絶対婚約破棄しない！　問題になったベラはいなくなったんだから婚約破棄する必要はない！」

「私が勝ったら婚約破棄するって話だったでしょう!?」

「撤回する」

「はあ？」

こ、こいつ……！

ベラの人を恨む気持ちがわからなかったが、今ならわかりそうだ。

「約束が違うでしょう!?」

「うるさい！　僕の勝手だ！」

そんな勝手が通るはずない。

「殿下」

そのとき、私の背後から低い声でオーガストを呼ぶ人物が現れた。父だ。父が書類を広げる。

「この通り、しっかり娘と書面で決めましたよね？　さらに証人もいますよね？　ここまでしておいて途中で反故なんてできないとわかっていますよね？」

「……うるさいうるさい！　僕が無効だと言ったら無効だ！　こんな紙！」

オーガストは父から誓約書を奪うと、それをビリビリに破いた。なんてことを！

「ふん！　これで面倒な紙はなくなった。よってお前は僕の婚約者のままだ、アンジェリカ！」

「…………」

もはやあきれ果てて何も言えない。

「殿下」

父が落ち着いた低い声を出す。

「今破いたのはレプリカです」

「は……？」

「本物を持ってくるわけないだろう。馬鹿か」

父がついに敬語をやめた。

「な、ば、馬鹿って……！」

今まで父に丁寧に接してもらい、馬鹿だなど言われたことがないオーガストは動揺する。

「馬鹿に馬鹿と言っているんだ。お前まさか、このまま自分はお咎めなしだと思ってはいまいな？」

「だ、だって僕は魔法で……！」

「お前のは明らかに魔法の影響ではなかった。勝手にベラという魔女に惚れたのはお前だろう。一歩間違えば国を危険にさらすようなことをしておいて……しかもこの期に及んで約束を破るだと？　恥を知れ！」

父に怒鳴られ、オーガストがガタガタ震える。甘やかされて育てられた王子様は、自分より強そうな男性に怒鳴られたことがない。

私に対して強気だったオーガストが徐々に萎びていく。

「お前とアンジェリカの婚約は破棄する。いいな」

「ま、待ってくれ！　それだけは……！」

オーガストがこの期に及んで父に縋りつく。

「ぼ、僕の評価を上げるには、アンジェリカに王太子妃になってもらうしかないんだ。こいつは貴族からも平民からも人気だから、そうすれば、僕のことは目を瞑ってもらえる」

……は？

こ、こいつ、私をまだ利用しようとしてるわけ!?

信じられない！　どういう神経してるの!?

そうまでしてでも王太子の地位を明け渡したくないんだろうけど、もう婚約継続は不可能だと誰だってわかるだろうに！

馬鹿な女に騙される馬鹿な男……しかも自分は悪くないと言い張る男なんて願い下げだわ！

「な、アンジェリカ。これだけ長い間婚約してたんだから、お前だって僕に対して情があるだろう？　僕のために我慢してくれるよな？　僕は魔法をかけられただけなんだ！」

その情を粉々に砕ききったのは誰なのよ！

「あなた、まだわかってないの？」

「え？」

「ベラの魔法は、相手に好意がなきゃ効かないのよ。それに、ベラと一緒に私を散々詰（なじ）ったことも覚えてないわけ？」

「そ、それはベラにそそのかされたからで……！」

「あのね、ベラが本人の意思を無視して意のままに操るには、赤い目を使わないといけないの。あなたはそれをされていない。ベラの意思が少し影響していたとしても、あなたが発した言葉は全部あなたの本心でしょう」

「………」

さすがのオーガストも言葉を失くしたようだ。

「じゃあさようなら。永遠に」

「アンジェリカ！」

オーガストが私にしがみ付いてきた。

「お前がいないと僕は王太子でいられない！　お前の気持ちなんかどうでもいい！　もともと結婚する予定だったんだから変わらないだろう！」

こいつ、どれだけ自分勝手なの!?

「いいかげんに――」

「いいかげんにしろ、オーガスト」

よく通る声が会場内に響き渡った。

「この声は……」

私は声の方向を振り返る。

そこには国王陛下と、その隣に並ぶアーノルドがいた。

「父上！」

オーガストが助かったとばかりに国王陛下のもとへ向かう。

「父上、みんなひどいんですよ。僕ばかり責めて……」

「黙れ馬鹿者。口を開くな」

ピシャリと国王陛下に言われて、オーガストが固まった。

国王陛下は今までオーガストに甘かった。どんなに家臣が咎めようと、オーガストをわがまま放題に育てた。今まで彼を叱ったことなどない。

その国王が今、オーガストに冷たい目を向けている。

「父上？」

「陛下と呼べオーガスト。マナーぐらい覚えなさい」

公の場では、たとえ親子であっても、国王陛下のことは父ではなく陛下と呼ぶ。つまり、今、国王陛下は王としてオーガストに話しかけているのだ。

「ちちう」

「陛下だ」

「へ、陛下……」

陛下に叱られ、呼び方を改めるオーガスト。

「あの、いつからこちらに？」

「このパーティーが始まる前からだ」

「俺が呼んだ」

リュスカが手を上げた。

「国の一大事だからな。早めに帰国してもらった」

「お前、余計なことを！」

「オーガスト、口を慎め」

再び叱られ、オーガストが慌てて口を閉じた。

「全部見せてもらったぞ、オーガスト」

「……」

オーガストも、いつもと父親が違うことぐらいはわかるのだろう。俯いている。

「一人の女に誑かされて情けない……しかも、まだアンジェリカ嬢に婚約継続してほしいだと？　お前は状況がわかっていないのか！」

「ひっ！」

強い語気で言われ、オーガストがすくみ上る。

「もはや婚約を継続できる状況ではない！　素直に身を引きなさい！」

「で、でも陛下……そうしたら僕は……」

「当然お前は王太子の座から退(しりぞ)く！」

会場が一気にざわついた。

「そ、そんな……！」

「自分の地位に胡坐(あぐら)をかきおって！　お前が今までなんとか王太子としてやってこられたのは、すべてアンジェリカ嬢のおかげだぞ。感謝すらせず、邪険に扱うとは！　わしの前では演技していたのだな！」

そういえば、オーガストは国王陛下の前では私に丁寧に接していた気がする。普段に比べれば、というレベルではあったが、悪口は言われていなかった。

そうか、オーガストなりに自分の地位が私によって成り立っているという認識があったようだ。

「で、でも陛下、アンジェリカもひどいんですよ！　僕のことを馬鹿にして！」

「本当のことだろう！　お前はどんなに言って聞かせても、ちっとも勉強しない！　だから優秀なアンジェリカ嬢と婚約させたんだ！　お前に国王など務まるはずがないからな！」

「そ、そんな言い方……」

「反論できるのか？」

オーガストが口を噤んだ。言い返せるはずがない。だって真実だからだ。

「お前は王太子から外す。王太子の座は、ここにいるアーノルドに渡す」

「そんな……！」

「あんまりですわ陛下！」

国王陛下の後ろから女性が現れて、陛下の腕を摑む。今回の公務は王妃様も一緒だったようだ。

そう、今国王陛下に縋っているこの銀髪の女性こそ、オーガストの実母。王妃様だ。

「この子だって騙されていたんです！　許してあげてください！」

涙を流しながら懇願する様子は実に美しい。さすが容姿だけはいいオーガストにそっくりの母親である。オーガストのような大きな子供がいるとは思えない。

「黙れ。もう散々許してきた」

「今までだって許してきたんですから、今回だって」

「お前も状況がわからない馬鹿なのか？」

国王陛下が王妃様に鋭い視線を向けると、王妃様はヒッと声を上げた。

「今回のは今までとは比にならない。いいか、国が終わるところだったんだ。そうなっていたらどうするつもりだ？」

「でも結果的に大丈夫だったではありませんか！」

「結果論だ。しかも、解決したのはオーガストではなく、こちらにいるリュスカ殿だ」

リュスカが国王夫妻に向けてぺこりと頭を下げる。

「オーガストは何もしていないどころか、もっとも悪い働きをしていた。しかも、それについて皆に謝罪するわけでもなく、『自分は悪くない』だと？　いい加減にしろ！」

国王陛下の大きな声に、オーガスト母子は目に涙を溜める。

「今まで王妃の子ということで十分優遇してやった。お前が叱ると文句を言うから、碌に叱らずここまできてしまった……いや、これは言い訳だな。子供から逃げていたにすぎない。わしは実にダメな父親だった」

それは思う。すごくダメな親だったと心の底から思うし反省してほしい。もう遅いけど。

「オーガスト。アンジェリカ嬢との婚約は破棄、王太子の地位は剝奪だ。いいな」

「陛下！　それだけは！」

「これは決定事項だ」

オーガストが悔しそうに唇を噛む。

国王陛下は今度はアーノルドに向き直った。

「そしてアーノルドに王太子の地位を授ける。……今まで日陰にいさせてすまなかったな、アーノルド」

国王陛下が頭を下げる。それでこれまでのことがすべて流れるわけではない。

アーノルドが冷遇されているのを放置していたことは事実だし、それはこんな一言で消し去ってしまえるものではないだろう。

アーノルドは父親である国王陛下の言葉にははは、と笑うと地を這うような声を出した。

「ふざけるなよ」

アーノルドはめちゃくちゃ怒ってる。

「あなた俺の暮らし見たことないですよね？　わざと俺のところに来ないようにしてましたもんね。とても王族とは思えない、粗末な食事。穴が開いても着続けなければならない服。暖炉もない部屋。あなたに乞われて側妃になった母はいつも『どうして国王の目に留まってしまったのか』と嘆いてましたよ」

側妃様、嫌だったんだ。そりゃそうだ。子供産むためにと迎え入れられ、子供を産んだら産んだで、まさかの冷遇。普通の人ならこんな環境にした人間を恨むだろう。

「俺や母がそこの親子に虐待されるのすら、見てないふりしてましたよね。俺は本当にあなたのことが嫌いだし、父親と思ったことないんですよ。アンジェリカさんとオーガストの婚約の話を聞いたときも、クズなあなたたちらしいなと思いました。人の犠牲を何とも思わない、権力で人を抑え込もうとするあなたたちらしい」

国王陛下は頭を下げたまま話を聞いている。

アーノルドはいつになく饒舌(じょうぜつ)だ。ずっとため込んでいたんだろう。ずっと。

「俺は本当に王太子の地位に興味なかった。少しでもあなたたちと距離を取りたかった。……だけど、考えが変わりました」

アーノルドがそばにいた兵士と目を合わせると、その兵士が紙束を運んでくる。

アーノルドはそれを国王陛下の顔の前に掲げた。

「これは国王への不信任案……貴族の三分の二にあたる人数の署名がもらえたので、法律に則(のっと)り、あなたには国王の座を降りてもらいます」

「なっ！」

王妃様が驚きの声を上げる。

「そんなこと認められるものですか！」

「認められるも何も、もう決定事項です。あなたたちは離宮でこれからお過ごしください」

「あ、あなたなんて、学校にも通っていなかったじゃない！　そんなあなたが王になるつもりなの!?」

国王陛下もいなくなるのだから当たり前だろう、と思いながら私は口を挟んだ。

「それなら心配ないと思いますよ」

「は？」

「アーノルド殿下の学園での成績は私に次いで二位です。礼儀作法もお母様がしっかり教えてくださったのでしょうね。オーガストより身についてますよ。私はアーノルド殿下ならすぐに王になっても問題ないと思いますので、子育てに失敗した方は静かにご退場されるのがよろしいかと」

「あ、な、な」

王妃様……もう元王妃になるのか。彼女はブルブルと屈辱で震えながら、私を見る。

「あなた、あんなに目をかけてあげたのに……！」

「オーガストを王にするための道具としてですよね？　いや、すごく迷惑でした。何度婚約破棄させてくれとお願いしてもあなたたち馬鹿親のせいでさせてもらえなくて最悪でした」

「──！」

ついに怒りで何も言えなくなったらしい元王妃は口をパクパクさせる。

「……そうか。当然のことだな」

国王陛下は静かに口を開いた。

「わしは親としても、国王としても最低だった……受け入れよう。アーノルド、新たな王として、頑張るんだぞ」

「言われなくても。余計なことしないようにそこの母子に伝えてくれます？　じゃないと、離宮に行かせるだけじゃなくて、島流しにするので」

島流し、という言葉に、何か言おうとしていたオーガストと元王妃がピタリと口を閉じた。

「彼らを離宮の一番悪い部屋にご案内して」

アーノルドが兵士に告げる。

「なんだと？」

オーガストが不満の声を出す。

「なんで僕がそんなところに！」

「いや、元国王夫妻のことだよ。悪いけど、君は罪人だから牢屋で暮らしてもらうことになる。一生ね」

「一生!?」

一生という言葉にオーガストは心底驚いているが、私からしたらなぜそうなると思わなかったのか不思議である。

「当たり前じゃないか。国を乗っ取る手助けをするところだったんだから。死刑にしないだけ感謝してほしいね」

アーノルドが片手を上げると、すぐさま兵士たちが出てきて三人を拘束する。

「ちょっと、離しなさいよ！」

「嫌だ！　ア、アンジェリカ、助けてくれ！」

国王陛下はすべてをあきらめた様子で拘束されているが、オーガスト母子は最後まで抵抗する。

実に見苦しい。王族としての品位も何もあったものではなかった。

「アーノルド！　絶対許さないからな！」

最後まで悪態をつきながら、オーガストは退場していった。

「……騒がしい人たちだったわね」

「ああ」

リュスカが同意してくれる。

「それにしても、アーノルド殿下があんなに準備していただなんて知らなかったです」

「俺も初めはこんなことしないつもりだったんだ」

アーノルドが苦笑する。

「離宮から君たちが連れ出してくれたけど、なんだかんだずっと引きこもり生活だったから目立つの嫌いだしさ。オーガストが王には向かないから、それだけは阻止したいな、と思いつつ、王家の直系ではなくても、公爵家とかから非常事態として次期王を選定すればいいかなと思っていたんだけど」

アーノルドが頬を搔く。

「なんか日ごとに単純にムカついてきてさ」

チラッ、と王の姿が消えていった方向を見るアーノルド。

「ただ側妃である母から生まれたってだけで俺は何も悪くないのに、ずっと閉じ込められていて。しかもそれを父親である王が黙認してて。離宮を出て正常な判断ができるようになってくると、どんどんおかしくないか？　と思えてきてさ」

ほら、まともな食事食べさせてもらえるようになって、栄養が頭にいったからさ、と笑う。やめて可哀想になるから！　最近肉付き良くなってよかったね！

「というわけで、アンジェリカさんのお父上に相談させてもらったんだ」

「お父様に？」

「うん。今王家に一番不満ある貴族といったらベルラン公爵家だろ。それで相談してこうなったわけ」

確かに父は不満しかない様子だった。そりゃ不満以外ないだろう。

娘を王太子と婚約させたくないと申し出たら、王命で拒否権はない！　の一点張りで押し通されたのだから。

「あんなことに王命使いやがって！」と王城で交渉する度にプンプン怒っていた。

いつか反逆とかしそうだな、と思っていたから、今回平和的解決に至ってよかった。

「それにしても、思ったより他の貴族も不満があったみたいですね」

「君が王太子妃になるなら、と我慢していた連中が多いんだよ。オーガストは馬鹿のくせに大人しくしないでやりたい放題だったし、王はそれを黙認してたからね。いやぁ、つくづくあの人、父親に向いていない性分だったな」

いや、総合的に見ると、王にも向いてなかったな、と辛辣なことをアーノルドが言う。

離宮を出たばかりの気弱そうなアーノルドはもういない。

長年の不満を出し切ってすっきりした様子に、思わず笑みが浮かぶ。

「でもこれから大変だな。いきなり王になっちゃったわけだから」

「そうなんだよなぁ〜」

リュスカの言葉にアーノルドが頭を抱えた。

「他国にもそれを知らせないといけないし……式典もしなきゃいけないのか？　式典の準備も俺がする感じ？　あー……あれもこれも面倒だなぁ」

「私も手伝いますから」

「俺もスコレット公国の人間として後援するよ」

「ありがとう二人とも！　その言葉を待ってた！」

ガシッとアーノルドが私たち二人の手を握る。

「正直俺一人じゃ無理だから、バリバリ頼らせてもらうね。いや、ほら、君たちにも俺を離宮から出した責任があるんじゃないか？　というわけで俺の親代わりで」

「大きな子供だな」

「私より大きいですよ」

「大きくなっても我が子は可愛いって言うじゃん」

「我が子じゃないので」

アーノルドが拗ねた表情をする。

「アンジェリカァァァア！」

冗談を言い合っている私たちの間を割くように入り込む人物がいた。

私の父である。

「よかったなぁ、アンジェリカ、よかったなぁ！」

父が号泣しながら私に抱き着いて来ようとするのをなんとか止める。鼻水！　鼻水が付く！

私がそっと父にハンカチを渡すと、父はそれで鼻をかんだ。さようなら、私のハンカチ。

「今まで我慢させて悪かったなぁ。いや、あの出来損ないの王、あれでも王だったからなかなか動けなくてなぁ」

「王を退けることはいつ決めたんです？」

「アーノルドくんが離宮から出てきたって聞いてからかな。ちょうど他の貴族たちを味方に付けている最中にアーノルドくんのほうから提案してくれてよかったよ。やっぱり直系に王になってもらったほうが、トラブルは少ないからね」

アーノルドは公爵家から、と言っていたが、確かにそれも不可能ではない。ないが、公爵家もいくつかあるし、その中から王を選定するのは時間もかかる。そもそもいくら公爵家といっても、王になる教育は受けていない。せいぜい公爵家の跡取り教育である。

アーノルドが王にならないと言い張っていたら、国王はまだしばらく王のままだっただろう。

本当にアーノルドが決断してくれてよかった。

「ありがとうございます、アーノルド殿下。あなたを離宮から連れ出してよかったです」

「よしてくれ、お礼を言うのは俺のほうだ」

私たちのほんわかムードを見て、父がうんうん頷いた。

「ところでアンジェリカ」

「なんです？　お父様」

「お前はどっちと結婚するんだ？」

私は思わず転びそうになったが、リュスカが支えてくれた。

「お、お父様！　何を言って……！」

「だって、婚約者早く決めないとだろ。あの馬鹿に長年婚約者面されていたおかげで、お前、今から自分の婚約者探さなきゃいけないんだぞ？」

「スネかじりするという手もあります」

「お父さん、ほどほどに生きたらぽっくり逝くつもりだから、弟に集るのはやめなさいね」

「弟の子供たちの家庭教師になります」

「やめなさいって」

もちろん本気ではない。私だってまだまだうら若い乙女である。結婚できるものなら結婚したい気持ちはある。

オーガストに婚約破棄を告げられたときは、父のスネかじりになろうと本気で考えていたが、今はそのつもりはない。だって……。

私はチラリとリュスカを見た。

「ほう……ほーう？」

父はリュスカに視線を送った私を意味ありげにニマニマ見る。

「な、なんですか？」

「いや～？　そっちかぁ、と思って」

「お父様っ！」

余計なことをポンポン言わないでほしい。私がシッシッと追い払う仕草をすると、ニマニマしたまま、父はアーノルドの首根っこを捕まえた。

「まあまあ殿下。いや陛下？　邪魔者は退散ということで」

「え？　何？」

「邪魔者……」

「アンジェリカー、父はお前の幸せを願ってるぞお！」

「え、どうしてアーノルド殿下まで!?　待ってお父様！」

アーノルドがズルズル引きずられながらこちらに手を振る。

「ま、全部君たちのおかげだよ。あとは俺なりに頑張るさ！」

じゃあねー、と明るい声で言いながら引きずられてアーノルドは退場した。

気付けばパーティー会場には私とリュスカしかいない。みんな、国王が変わったことでやることがあるのか、それとも父が何か言ったのか……。

どうか後者ではありませんように、と思いながら、私はリュスカを見た。

リュスカは笑顔でこちらを見ていた。

うっ、顔がいい！

ドストライクな顔を見ながら、私は気持ちを落ち着かせるために深く息を吸う。

「あ、あのね、リュスカ」

「うん？」

「その、約束通り、私が悪くなかったことを証明できたわ。私一人だったらダメだったと思う。本当にありがとう」

証拠で論破することはできても、あのベラの能力があったら、簡単に覆されてしまっただろう。だって盲目的にベラに従うようになってしまうのだ。いくら正しいことを言っても、判定してくれる人間がきちんと見てくれなければどうしようもない。

「それにしても、まさか魔女だったただなんて……」

「魔女の末裔だから、本来の魔女より力が弱いみたいだね。昔の魔女は、女性のことも意のままに操れたらしいよ」

「すごい……それは怖い者なしね」

「だからこそ討たれちゃったんだけどね、俺のご先祖様に」

ベラの能力だけでもやり方によっては世界が荒れると思ったのに、男だけでなく女まで意のままにできるとしたら、荒れるどころか、世界を手中に収めることなどわけないだろう。

リュスカのご先祖様が強くてよかった。

「リュスカのご先祖様は魔女とはまた違うの？」

「さあ、どうだろう。男だったみたいだから、少なくとも『魔女』ではなかったんじゃないかな」

もう大昔の話だから、文献もあまりないんだ、とリュスカは言う。

「でも魔女の末裔が魔法を使えるなんて……なんだか他にも生き残った子孫がいそうね」

「いるかもしれないね。魔女の能力は女にしか引き継がれないって文献で見たけど、どうか彼女たちがベラのような人間でないことを祈るばかりだね」

そうね、と私は頷いた。

「……」

「……」

会話が途切れてしまった。気まずい。

わ、私から切り出すべき？　多分私から切り出すべきよね？

「あ、あのリュ――」

「アンジェリカ」

「は、はい！」

言葉を遮られて、慌てて返事をする。

こういうのは慣れていない。だって恋愛初心者だもの。

でも、ほら、無事に婚約破棄できて、私の無実も証明できたから……きっとあの話よね？

「約束だが」

「は、はい！」

やっぱりきた！

そう、そもそも私とリュスカの始まりは、この約束だ。

無事にオーガストと婚約破棄して、私の無罪も証明できたら、リュスカとの婚約を考えると……。

そうよ、そう約束した！　しっかりと！

ということは、私、リュスカと――。

「なかったことにしてほしい」

……。

……はい？

「え、え……？」

待ってどういうこと？　今の流れってそんな感じだった？　完全にロマンスが始まりそうな感じじゃなかった？　背後で恋の天使が踊ってそうな雰囲気じゃなかった？

「え、ど、どうして……？」

動揺で上ずってしまいそうな声を抑えながら、訊ねる。

「フェアじゃないなと思ったんだ」

「フェアじゃ……ない？」

フェアってなんだっけ。公平。そう、公明正大のことよね。

で、何が公平じゃないって？

「あの状況で君にああやって提案するのはフェアじゃなかった。それにこうしていざ勝負に勝ってしまえば、俺からの提案も断りにくくなる……だから一度忘れてほしい」

……はい？

いや、確かにこうして勝っておいて、無理ですなんて言いにくいけど。

でもそれは、そういう気がなかったら、のことであって。

「だから、これから友人として、改めて俺を見てくれないか？」

リュスカがまっすぐ私を見て告げた。

私は——。

「嫌です」

「え」

「嫌です」

私の回答が予想外だったのだろう。珍しくリュスカが動揺した様子を見せる。

「い、嫌って……俺のことが嫌いってことか？」

かと思えば勝手に勘違いして落ち込み始めた。

なんでそうなるの！

「違います！」

「えっと……じゃあ何？」

本当にわからなくて言ってるの？

私は鈍感なリュスカにイライラしながら告げる。

「改めて見てって言われても、もう充分リュスカの為人(ひととなり)は見てきたわよ！」

私のために一生懸命動いてきてくれたことを知っている。私が婚約破棄を告げられたときだって、誘拐されたときだって、今だって、いつだって助けてくれたのはリュスカだった。

自分のために身を挺して助けてくれる人間にマイナスな感情を抱くわけがない。

「それに」

「それに?」

私はリュスカに近付いた。

「いつまでって期限をつけないと、私、いつまでも待たせるわよ」

「え?」

「恋愛慣れしてないもの……それこそもう『早く結論出せ!』って迫られてものらりくらりと躱しそうな気しかしない」

我ながらなんと面倒な女か。

だが、実際そうなる未来しか見えないのだからどうしようもない。

「だから、勢いで答えられそうな今しかないの!」

でないと十年経っても二十年経っても逃げてしまいそうだ。そんな最悪な事態にはしたくない。

だから今しかない!

「というわけで今お返事します」

「でも……弱みに付け込んだような」

「そんなことはないから！　いいから聞く！」

「はい！」

私はリュスカと向き合い、深呼吸する。

「――好きです」

まっすぐ彼を見て。

「結婚するならあなたがいいです」

告げた。

ドキドキドキドキ。

私、今どんな顔してる？

変な顔になってない？　ああ、緊張で手汗が！　いや、むしろ顔も熱いから化粧も取れてるかも!?

鏡見たい！　化粧直してきたい！　そしてそれを口実にとんずらしたい！

しかし、今すべきは逃げることでないことぐらい、私にだってわかる。

私はそっとリュスカの顔を見た。

「え」

真っ赤だった。

それこそ熟したトマトも負けてしまうのではないかと思うほど、リュスカの顔は真っ赤だった。

「あ、あの……リュスカ？」

おそるおそる声をかけると、リュスカはハッとした様子で片手で顔を隠し、もう片方の手で私を制した。

「ちょっと待ってほしい！」

「あ、はい」

私は素直に聞き入れた。

リュスカが顔を隠しながら何度か深呼吸する。深く吸って吐く呼吸音が私のところにまで聞こえてくる。

少し落ち着いたのか、リュスカが顔から手を離したが、まだ赤みは引いていない。耳まで真っ赤である。

「あー、その……俺たちは両想いということでいいのだろうか？」

「いいのだと思います」

リュスカが私を好きで、私がリュスカを好きなのだから、両想いだろう。

……両想いよね？　間違いないわよね？

え、まさかリュスカ、しばらく一緒にいてやっぱり気が変わったとかじゃないわよね!?

「まさかさっきの友達からって、友達にしか見えないとかそういうのじゃ……!?」

「それはない！」

「あ、はい」

よかった否定されて。

「ああ……なんだ……両想いならもっと俺からビシッと言いたかったのに……」

リュスカがいまだ照れた表情を浮かべている。

「アンジェリカ」

「はい」

コホン、と一つ咳をしてリュスカは私に向かって跪く。そして、そっと私の手を取って、手の甲にキスを落とした。

「好きです。俺と結婚してください」

私はにこりと微笑んだ。

「喜んで」

リュスカが立ち上がり、そっと私の頬に触れる。

その端正な顔が近付いて来て、そっと瞼を閉じた。

唇に柔らかい感触が触れる。

そっと離れると、リュスカと目が合う。

誰もいない会場で、私とリュスカはお互いに笑みを浮かべ、ただただ静かに抱き合った。

番外編　デートリベンジ

「デートのやり直しをしたいんだ」

「え？」

放課後、温室でのんびりお茶をしていると、リュスカから突然提案された。

「前は途中で邪魔されてしまったじゃないか」

「ああ……私が誘拐されてしまったから……」

確か服を見ている途中だった。結局あの服も買えずじまいだ。

「じゃあまたダブルデートを……」

「いや、今度は二人で行きたいんだ」

リュスカが紅茶を飲みながら言う。

「ふ、二人で……？」

二人でって……二人きりでって……そんなの本当にデートじゃない！

何を言っているんだと思うだろうが、私も何を言っているのかわからない。でも仕方ないじゃない。異性と二人っきりでデートなどしたことないのだから。

いや、今こうしてお茶を一緒にしているのも、デートに入る？ と思ったけど違うな。だってアーノルドもデイジーもいるし。

「まあ、二人っきりなんて素敵ですね！」

デイジーが愛らしい顔で笑う。

「デイジー、できればまた一緒に」

「ダメですよ。二人っきりでという話なのですから」

デイジーは助けてくれなかった。

チラッとアーノルドを見るも、首を横に振られる。

「婚約しているんだから、デートぐらい普通にしなよ」

「こ、婚約……」

そう、リュスカのプロポーズを受け、私とリュスカは正式に婚約した。

「婚約ってこんなに甘い響きだった？」

だってオーガストと婚約しているときはなんて邪魔な肩書なんだと思っていた。いや本当に邪魔だった。むしろオーガストが邪魔だった。

今のところ牢屋で大人しくしているようなので、ずっと引きこもっていてほしい。世のため人のために。

「やだ、惚気（のろけ）てるよこの人。いいねー、相手がいる人は」

「アーノルド殿下も早く決めないといけないんじゃないですか？」

なんといっても、王太子をすっ飛ばして国王になってしまったのだ。

ちなみに王になったけれど、まだ諸々の手続きと前王からの引継ぎなどもあり、忙しく走り回っている。それでも学園は卒業したいらしく、なんとか合間に通っているみたいだが。

さすが冷遇されながらも勉強していた王子。努力家だ。

「俺だって、相手がいれば……」

と言いながらデイジーをチラチラ見るが、デイジーは視線に気付かず、「今日のお茶もおいしいですねぇ」とのんびりしている。

これは恋愛に発展するまで先が長そうだ。

うまくいったら身分差で問題が起こらないように、デイジーをうちの養女にしてあげよう。形だけの養女で、本当の両親とヒビが入らないようにしてあげないと。

だから、あとはそうできるようにアーノルドには頑張っていただきたい。

少なくとも私以上に鈍感そうなデイジーは、熱い視線を送るだけじゃ気付かないと思う。だってこれだけ見られているのに、この子の頭の中、おいしいお茶でいっぱいだもの。

「それで、デートだが」

「あ、うん」

いけないいけない。デートの話だった。

「今から行かないか？」

「え？　今から？」

今からって……。

「まあ、制服デートですね！」

デイジーが少し興奮した声を出す。

「今学生の間では制服デートが流行(はや)っているんですよ！　学生のうちしかできないですからね！」

「そ、そうなの？」

「ええ、憧れます！」

なら、ぜひその隣でもじもじしている男を誘ってあげてほしい。

後でデイジーのことちゃんと誘いなさいよ、アーノルド。

「いいけど」

今から、ということで心構えはできていないが、デート自体はしたいので承諾する。

パアッ、とリュスカの顔が明るくなった。

イケメンの笑顔、ごちそうさまです。

「じゃあ馬車を待たせているからさっそく行こうか！」

こうして私たちは制服デートとやらに繰り出すことになった。

「出店も結構あるのね」
この間はあまり街中を見ることができなかったので、今度はじっくり観察する。

「ああ。値段も手ごろで、立ち食いするのがデートの醍醐味なんだそうだ」

「立ち食い！」

パーティーなどでの立食は経験があるが、こういう場での立ち食いは初めてだ。

「どれでも好きな物を頼むといいよ」

好きな物、と言われると迷ってしまう。だって出店が思った以上に多い。

焼鳥、飴細工、アイスクリーム、焼きソーセージに、焼きトウモロコシ。

どれもおいしそうだ。

「どれにしよう……」

悩む私の鼻を、甘い香りがくすぐった。この香りは……。

「クレープ！」

私は匂いのもとに向かった。

そこは予想通りクレープ屋さんだった。

「クレープが好きなのか？」

「ううん、食べたことはないのだけど、父が昔持ち帰って来たことがあって。一個しか買えなかったのと、母の好物だったから母が食べたのだけど、いい匂いがしたのと、母のおいしそうな顔が忘れられなくて」

あのときから食べてみたかったのだ、クレープ。

まさかその夢がこうして叶うとは。

「もしかしてアンジェリカの母君は……」

「バリバリ健在よ。弟と毎日元気に遊んでるわ」

「あ、そうか……」

あの元気さ、見習いたいぐらいである。

並んでいると徐々に列がはけて、ついに私たちの番が来る。

「はい、お嬢ちゃん、何食べる？」

しまった、メニューがいくつかあるのか！

「え、ええっと……」

何がおいしいのだろう。見てもいまいちよくわからない。食べたことないし。

うんうん悩んでいると、リュスカが助け舟を出してくれた。

「この店で一番人気なのは？」

「どれも人気だけどね！　バナナチョコクリームがやっぱり定番で人気だね！」

「アンジェリカ、バナナ嫌いとかある？」

「あ、好きよ」

「じゃあそれを」

「まいどありぃ」

店主がリュスカからの注文を受けて、クレープ生地を焼いてくれる。そうか、注文を受けてから焼くのか。

うすーい生地を器用にひっくり返すのはまさに職人技だ。両面焼いたらそこにクリームとチョコ、そして切ったバナナを置いて、クルクルと綺麗に巻いてくれる。

「ほらよ！」

「あ、ありがとうございます」

クレープを受け取ると、外にある椅子にリュスカと座った。

「わあー、おいしそう」

「よかったね、アンジェリカ」

そう言うリュスカの手にも、クレープが握られている。

「リュスカは何にしたの？」

「俺はカスタード生クリーム増量の、アイス入りイチゴ」

「なんかすごいわ……」

私の倍ぐらいありそうな生クリームたっぷりのクレープをリュスカはおいしそうに口に運んだ。

私も自分のクレープを口に含む。

「っ！　おいしい！」

ケーキとも違う、初めての触感だ。生クリームの存在感が大きく、それでいてチョコやバナナともしっかりマッチしている。

おいしい。これは母が好きなはずだ。

リュスカもおいしそうにクレープを食べている。結構生クリームが多いが、胸やけなどをしている感じはしない。

「リュスカは甘いものが好きなの？」

「ああ。俺は甘党なんだ」

甘党！

「じゃ、じゃあ……」

私はもじもじしながら提案した。

「お菓子とか作ったら……食べてくれたりする……？」

私はお菓子作りが好きだ。

でもオーガストから似合わないと散々からかわれたせいで作るのを躊躇うようになり、人にあげるなどまず考えられなくなった。

だけど、前にデートしたときに、リュスカが「変じゃない」と言ってくれたから、心からお菓子作りを楽しめるようになった。

以前のデートで手作りお菓子がほしいと言われたときは断ってしまったけれど、今なら作ってあげたいと素直に思えた。

「作ってくれるのか？」

リュスカが嬉しそうな表情をする。

「え、ええ。手作りが嫌いでなければ……」

「嫌なわけないだろう。婚約者の手作りを」

私が婚約者に求めていた反応はこれである。オーガストには一生できまい。

まさか婚約者にお菓子を作ってあげられる日が来るなんて！

「今度持ってくるわ」

私は自然と笑顔になる。趣味を否定されない。好きなものを否定されない。なんて最高なのだろう。

「さてと」

リュスカは生クリームたっぷりのクレープをぺろりと食べきり、私も食べきったのを見ると立ち上がった。

「じゃあ行こうか」

「え？　どこに？」

「言っただろう？　デートリベンジだって」

リュスカが笑った。

リベンジってこういうことか。

「前回、結局服買えなかったものね」

誰かさんが誘拐してくれたから。

「ああ。せっかく来たのに、と思ってね。あの店はまだ色々調査中らしいから、別の店だけど」

前回行った店は、犯人たちがどのようにして鏡の裏の通路に侵入したのか、どうやって店からバレずに私を連れ出せたのか、など調査しているらしい。また誘拐事件が起こったら大変だもんね。

「これとかどうかな？」

あのときのデイジーのように、リュスカがせっせと私の服を選んでくれる。

「試着する？　試着室に入るのが怖かったら、このまま気になるの全部買ってもいいけど」

全部？

「それって一応聞くけど、どれぐらいの量を……」

リュスカはうーんと考えながら、服がかけてある場所を指差した。

「ここからここかな」

その指を動かして、ぐいーっと端まで指差す。

全部じゃないそれ。全部買うってことじゃない！

「大丈夫だから試着してくるわ！」

私はリュスカが選んだ服を数着持って試着室に入った。

「アンジェリカ、いる？」

「いるわ」

前は試着室で誘拐されたから、今回もそうならないようにだろう。リュスカが何度も話しかけてくる。

「アンジェリカ、どう？」

「着心地は悪くないわ」

「アンジェリカ、サイズ合ってた？」

「ええ、なんでサイズがわかるのか聞きたいぐらいに」

「アンジェリカ、次これも……」

「はい！　一着目！」

矢継ぎ早に話しかけられるのが嫌で急いで試着して外に出た。

「わあ、そういうのも似合うね！」

「え、本当……？」

好きな人に似合うと言われて嫌な人間はいないだろう。私も当然気を良くする。

「そういう淡い色の服も似合うよ」

「そうかしら？」

なんとなく私の性格が大人しくないのと、あの馬鹿が笑ってくるから可愛らしい服は避けていたが、リュスカがそう言ってくれるなら着てみてもいいかもしれない。デイジーも前回のデートで好きなものを着るといいと言ってくれたし。

「じゃ、じゃあこれにしようかしら？」

「うん、欲しいの全部買おうか」

「いや、そこまでは」

「俺が買いたいからいいんだよ」

これが！　婚約者！

今私はおそらく幸せの絶頂期にいます！

「この間の服もよかったけどね」

「ああ、あの紺色の……」

アンが選んでくれた服だ。あれは私もとても気に入っている。

「うん、あれ俺の瞳の色意識してくれたんだろ？　嬉しかったな」

リュスカがとても嬉しそうに微笑む。

え、リュスカの色……？

「あ……」

言われてみたら、リュスカの瞳の色……！

アンが「絶対これ着てください」と言ったのはそういうことだったの!?

まったく気付いていなかったけど、リュスカの色を身に纏っていたとか恥ずかしすぎる。

でも……。

「え、えっとじゃあ……紺色や黒い服も、欲しい、な」

あなたの色が欲しいとはっきり言うのはとても照れ臭かった。

でも欲しいんだもの。

リュスカは私のお願いに言葉を失くし、天を仰いだ。

「可愛すぎる……」

その言葉は残念ながら私には聞こえず、ただただ私は恥ずかしさで縮こまっていた。

あとがき

初めましての方もそうじゃない方も、こんにちは。沢野いずみと申します。

『したたか令嬢は溺愛される　～論破しますが、こんな私でも良いですか?～』をお手に取っていただきありがとうございます。

実はこちら、元となったのは『小説家になろう』という小説投稿サイトに投稿した『婚約破棄を告げられたので、言いたいこと言ってみた』という短編小説でした。

短編なので元の作品は六千七百五十一文字！　少ない！　ここからよく十万字越えの作品になったものですね！

短編のほうは本当にドコメディでして、シリアス一切なしでした。

しかもアンジェリカの性格も今より気が強く、なかなか豪快なキャラでした。

今作はちょっと元のままだとどうなの？　となりまして、少し上品なアンジェリカになっております。

上品……上品かな……ちゃんと上品になってます？（不安）

短編からキャラクターもかなり増えております！

ＡＢＣちゃんをはじめ、デイジーやアーノルドなどのキャラクターを新しく増やし、話もかなり設定を付け加えて盛りに盛りました！　だって元は六千字ぐらいですからね！

皆様はどのキャラクターが好きですか？　私は断トツでアーノルドです！

私の他の作品を読んだことがある方はわかると思うんですが、私は昔からサブキャラを濃くしすぎる癖があります。愛ゆえなんです。

だってちょっと個性あるキャラが主人公たちの周りにいたら面白いじゃないですか？　主人公たちもこのキャラクターがいることでまた味を出すことができるわけです！

だから私はこれからもサブキャラに癖や個性をつけて愛でていきたい、そんな気持ちです。

悪役はどうだったでしょうか？

私の書いた作品の中ではトップクラスレベルにムカつくやつらを書けたのではないかと思うのですが、イラッとしていただけたでしょうか？

私は書いていてイラッとしましたよ。作者だけどもちろんイラッとしましたよ。

もうどんだけ主人公たちに絡みに行くんだよ！　暇なの⁉　暇なんだな⁉　と思ってましたよ。

そして彼らたぶん暇だったんだと思う。いやがらせ以外の趣味を見つけられるといいよね彼らも。

でもそんな趣味見つけられるなら嫌なやつになっていないんだ、きっと。

何を隠そう、沢野は悪役を書くのが一番疲れます。

だってイラッとしてすぐにざまぁしたくなっちゃう……もう冒頭でボコボコにしたくなっちゃう。でもそうするとそこで物語が終わっちゃうんだなぁ。（遠い目）

というわけでボコるのを我慢して書いてました。

無事最後にボコボコにできたわけですが、いかがだったでしょうか？

すっきりしました？　すっきりしたと言ってほしい。嘘でもいいから！

悪役を無事にざまぁできると快感ですね。

今度は物理的にもボコボコにする作品も書いてみたい気もします。暴力がすべてを解決してもいいんじゃないかな。（たぶんよくない）

さてアンジェリカとリュスカは無事にくっつくことができましたね！

始めから好みの顔で好感度高かったけどなんだかんだなかなか進まないぞこいつら！　と思っていました。悪役のイラッとするシーンはいっぱいあるのに、イチャイチャはなかなかしてくれなくて困りました。

いや、私がラブシーン苦手なのがいけないんだけど。恋愛もの書きのくせに苦手とは……。

なんか、こう、急に冷静な自分が現れると「やだ……イチャイチャしてる……これを私が書いてる……恥ずかしいっ！」となります。

他の作家さんはこんなことないのだろうか。

だからついラブシーンをコメディにしてしまいます。コメディ書くの好き。

二人はくっつきましたが、これからどうなるのですかね。

婚約？　花嫁修業？　新婚旅行？　結婚？

どれでも続きが書けそうですね！

個人的に即結婚より、結婚するまでのあれこれを読むのが好きなので、自分でもそういうのを書きたいですね。お互い両想いになったのにドタバタが！

ところで皆さまもうあとがきを読んでいらっしゃるということは、すでに挿絵は見ましたね？

見ましたよね？

最っっ高じゃないですか⁉

ＴＣＢ先生のイラストすごい！　私のキャラクターが美男美女に！

いつも作品にイラストがつくのが楽しみで楽しみで……このために書いていると言っても過言ではない。

こんな素敵なイラストを描いていただき、感謝しかありません。皆様もぜひ、舐めるように見て、イラストをご堪能してくださいね！

本作品の出版に関して、尽力してくださった方々に、この場を借りて感謝を述べさせていただきます。

ありがとうございました。

数ある書籍の中から『したたか令嬢は溺愛される　～論破しますが、こんな私でも良いですか？～』をお手に取っていただいた読者様、深く感謝を申し上げます。

本当にありがとうございました。

二〇二三年三月吉日　沢野いずみ

ダッシュエックスノベルfの既刊

Dash X Novel F 's Previous Publication

『元聖女ヒロインの私、続編ではモブなのに全ステータス(好感度を含む)がカンストしているんですが 2』

琴子

イラスト／藤丸 豆ノ介

拗らせヤンデレ王子と恋愛偏差値ゼロの元聖女の
執着＆ジレジレな恋の結末は!?

――本当はもっと前から、自分の気持ちに気付いていたんだと思う。

かつて、ヒロインとして召喚された乙女ゲーム。その続編ゲームの世界に再び転移した仁奈。とはいえ、ヒロインの聖女は別にいる。今回はスローライフを決め込むも、運命のいたずらで仲間たちと次々再会。誰もが再会を喜んでくれたが、特にアルヴィン王子の執着ぶりは異常なほど。しかし、恋愛音痴ゆえに仁奈は気づかない。そんな中、前回の転移で世界を救った後に仁奈を殺し、元の世界へ戻る原因となった男と遭遇してしまう。

仁奈は急に姿を消した理由をみんなへ打ち明け、男の正体を調べるべく動き始めるが、なぜかアルヴィンの様子がおかしくて…？

ダッシュエックスノベルfの既刊

Dash X Novel F 's Previous Publication

『ド真面目侍女の婚約騒動！〜無口な騎士団副団長に実はベタ惚れされてました〜』

柏 てん

イラスト／くろでこ

堅物ヒロインと不器用な騎士が繰り広げる
ジレ甘ラブストーリー！

堅物侍女のサンドラは仕事一筋のまま嫁き遅れといわれる年齢になり、結婚も諦めるようになっていた。そんなある日、弟のユリウスから恋人のふりをしてほしいとお願いされ、偽の恋人を演じることに。しかしその場に、偶然サンドラが思いを寄せる騎士団副団長のイアンが現れる。サンドラはかつて彼に助けられたことがあり、以来一途に彼を想い続けていた。髪も髭もボサボサのイアンは、サンドラが弟の恋人のふりをした直後になぜか髭を剃って突然の大変身！ 周囲の女性たちから物凄い美形がいると騒がれる事態に発展！？

さらに堅物侍女なサンドラのもとに、騎士団所属の侯爵子息から縁談が舞い込んできて…。

したたか令嬢は溺愛される
～論破しますが、こんな私でも良いですか?～

沢野いずみ

2023年3月8日　第1刷発行

★定価はカバーに表示してあります

発行者　瓶子吉久
発行所　株式会社　集英社
〒101－8050　東京都千代田区一ツ橋2－5－10
03(3230)6229(編集)
03(3230)6393(販売／書店専用)　03(3230)6080(読者係)
印刷所　大日本印刷株式会社
編集協力　株式会社MARCOT／株式会社シュガーフォックス

ISBN978-4-08-632007-8　C0093

作品のご感想、ファンレターをお待ちしております。

あて先

〒101－8050　東京都千代田区一ツ橋2－5－10
集英社ダッシュエックスノベルf編集部　気付
沢野いずみ先生／TCB先生